文學研究叢書·現代文學叢刊

想像的文學共同體

——文學現代主義在臺灣及其全球旅行

陳嫣文　著

自　序
紅萼有情春未老

　　疫情驟起的二〇二〇年，我從上海回到久違的故鄉臺灣。不僅是疫情的影響，世界局勢的多變也讓身在其中的人們不由自主的生起徬徨、困惑，因而尋求再次遷徙與改變。

　　二〇二三年的秋天，我在新北市郊的一所中學教國文，學校坐落在山腳下，離住處不遠，山色時而嫣然如霧，時而明媚蒼鬱，清晨搭車到學校，雙眼總是緊緊跟隨窗外迷人的山色，捨不得移開視線。天空的雲氣也美，無論是斑斕的鱗片、蓬鬆的繡球，亦或一件鑲金的霞披，雲朵的邊界總是時而清晰，時而模糊，變幻莫測的景象經常令我浮想聯翩。在我看來，天空是場域，雲朵也是場域。天空漫無邊界，雲朵卻有著清晰的界線，雲的形態（Form）經常伴隨著氣候條件而改變，邊界游移，且充滿了不確定性。我並不觀測天象，我彷彿是一朵雲，一個人的場域，隨著山脈湖泊的板塊運動遷徙、流浪，並留心風的行跡，看它來去，任意移動雲的邊界。

　　這是為甚麼我喜歡邊界（Boundries）這個詞彙，它是我喜愛的社會學家齊美爾（Georg Simmel）經常運用的理論術語。在談論社會空間與社會距離時他曾說，「我們的生存空間是一個具有內在性、基於社會互動、與人類情感密切相關的空間，位於社會空間之內的行為主體所受到的約束不僅是空間性的，也是時間性的。只有在時空的特定約束下才能充分理解行為主體之間的社會互動過程。」這段話我理解為，歷史塑造空間與關係的互動，而人是距離的尺度。思想、理念、社會位置、人際網絡皆有各自的主張與交換邏輯，而「邊界」正是其

中最詭異、最模糊,卻最有力量和創造力的一個「虛無空間」(empty space)。我們所看見的各種跨界現象、斜槓人生、異業結盟與複合式經營,疫情期間交往距離的受限,以及國與國之間的聯盟、對抗、戰爭,無一不顯示邊界效應及其主張的融合與變異。綜觀這二十年來世界局勢快速的消長變化,我驀然驚恐,文明並不高於自然現象,宇宙創造所啟示的一切已然包括。

我出生、生長於臺北,童年的暑假最常待在嘉義溪口的外婆家,看附近的農民在馬路上曬稻穀。烈日下塵土如旋風,飛蟲與穀粒碎屑齊飛,打得我雙腿紅腫起包,雙眼含淚,空氣中除了碾壓稻稈發出乾燥熱烈的煙硝氣,還混合著任職於衛生所的外公洗手時慣用的消毒水的氣味。每年春節,則一定去往臺南白河關子嶺的火山碧雲寺祭祖,寺廟現已列為國家三級古蹟,正門的匾額刻有曾祖的名姓,偏殿文史室亦高高懸掛祖先的相片,那裡正是父輩先祖們從明清開始就殷勤開墾的原鄉。而我想說的是,世代在臺灣居住、成長的孩子,因為歷史之手的隔離,並不存在什麼「鄉愁」,祖先血脈的根長久深植於此,已是臺灣歷史的一部分,無法磨滅。雖然我沒有「尋根」的執念,但我卻因緣聚合在九〇年代就開啟了在中國求學的經歷,並與對岸許許多多老師、同學、各階層的老百姓結下不解之緣,包括結識了我的伴侶。至此,從前我在課本裡讀不懂的鄉愁,於今有了更深層次的含義;我逐漸能理解他人之鄉愁,可以體會老一輩外省族群的流離之苦、分別之慟與失根之愁,我對語言的隔膜與「邊界」逐漸消融,對於因文化差異所造成的歧義與岐意,有了超越與轉譯的空間。所以我在這本小書裡的追問,也同樣是尋求這樣一種在邊界的原則之上,人與人之間、互相理解的「虛無空間」,這樣的空間在你我心裡,並不虛無。

　　回首二〇〇四年，我離開當時在臺北任職多年的出版業，帶著對時局和未來的困惑，渴望藉由全然投入的閱讀與研究，重新得到前進的力量，於是我回到大學時代的母校南京大學，攻讀文藝學博士學位，主修西方美學。回到校園，昔日景物依舊，民國時代烏瓦白牆、梧桐綠水的江南氣息依舊，學生三兩成群、細語歡笑，懷揣幾本磚頭書，悠然走在林蔭大道，偶爾騎著自行車呼嘯而過。一如當年中央大學女詞人沈祖棻寫下的詩句，「畫轂相隨大道邊，南園草色正如煙，迴廊絮語暫留連」。在攻讀博士期間，沈祖棻孫女、也就是〈早早詩〉的主角，南京大學中文系的張春曉學姊慨允讓我借住她結婚前的宿舍，並領我小憶南京街道，添購窗簾布、棉被等生活用品，使我得以迅速進入安頓狀態。約莫十多坪米小小的單間裡，最珍貴的就是程千帆教授曾用過的舊書桌，我經常在讀書研究疲乏之際，學著中文系老師們用透明玻璃杯泡一杯白茶，當尖尖的銀芽漂浮在茶湯裡，我彷彿就能穿越時空，與沈祖棻、程千帆夫婦靈犀交談，理解他們這一代人的風華與哀愁。

　　「遲日園林阻俊遊」、「海內思耆舊，而今幾輩存」、「細字真珠訊暗通，也知刻意相回避，咫尺闌干不再逢」，細讀沈祖棻這些「旨隱辭微」的詩句、老中大「南雍」學人們的離散記，每每教我為之心折，思緒難平。而諸如〈寄懷慰秋〉、〈再寄慰秋〉、〈久不得慰秋書，卻寄〉、〈得慰秋書賦答〉等篇什，寫盡兩位同學分處兩岸，彼此之間無盡的情誼與思念，以及「此生不做相逢計」的無望與悲愴。他們在一九四九年有的加入國民黨輾轉到了臺灣（慰秋即慰素秋，慰天聰之姑母），有的留在大陸於文革時期被迫害，成了「右派」，有的自殺、有的埋首書堆，當年因政治而身處兩岸的知識分子，無論外省或本土，其命運又何其相似。那些堅持留下文字作品的，就成為孤獨的旁

觀者、時代的見證人。而當我尚且埋首時代的故紙堆時，時代卻向著虛擬數位的電光速率前進，所有的關係與連結都將成為電腦運算的結果。記得誰說過，越是懷舊，就越是現代；這些互相矛盾、互為表裡的人間圖景，不就是哈貝瑪斯所稱之「未完成的現代性」嗎？對人類生存而言，一個尚未解決、尚未完成的方案。

我想該是對這段奇妙的「個人歷史」做個小結的時候。沈祖棻在一首〈浣溪沙〉中說「車輪輾夢總成塵」，而我寧取「紅萼有情春未老」為序，記取韶光，以此自勉，追趕未竟的書寫。在此，我首要感謝的，是我在南京大學攻讀博士學位期間的指導教授周憲老師。他是一位著名的譯者、美學家，在教學研究之餘，致力於將歐美前沿的文化研究、社會學理論、藝術學理論，翻譯、介紹到華文世界，讓艱澀難懂的西方學術論著可以被引入、傳播，以饗廣大的文藝愛好者與研究者。他帶學生以嚴格著名，幾乎沒有一位研究生在接到周老師的問候電話時而不心頭一驚的。對於來自臺灣的我，周老師多了一份擔待，除了對大量理論資源的運用給予嚴謹的指導，更以無比的耐心，讓我自由且高度的完成我對論文的想像，尊重學術興趣與歷史文獻的事實，並不多加干預。這是南京大學中文系的學術風氣與傳統，更是做為導師的寬容，讓半路出家、經常心有旁騖的我，成就一次對學術跨界的實驗，一次對自我的超越。此外，我要感謝南京大學的劉俊教授，給予我論文架構上的啟發，我大一的時候第一次聽見賴和的名字，就是在他教授的臺灣文學課堂上。

我還要特別感謝惠賜本書推薦語的封德屏老師，許多年前為了查找文獻而拜訪《文訊》，當年的資料編輯吳穎萍小姐耐心的聽我對論文的想法，並向我推薦《文訊》的「台灣文學雜誌專號」第二一三期

（2003年7月），我銘感至今。可以說這本書的寫作，在文獻部分，要歸功於「台灣文學雜誌專號」詳盡的資料彙編與深度介紹。《文訊》雜誌豐厚的文學資產，實是海內外致力於臺灣文學研究者的寶庫。

　　謝謝我大學至今的好友，冰純與花揪。冰純在遙遠的倫敦政經學院拼搏，她犀利的學術風格與既廣且深的閱讀功力令我望塵莫及，而她們夫婦曬出來堪比米其林星級的廚藝也讓我經常恨不得買張機票就飛奔過去。花揪太太住上海，她在自家的園子裡種花，開得極好，有各色的鬱金香、芍藥、牡丹和繡球。我說她是我見過最聰明、智商情商雙高的絕巧主婦。謝謝妳們讓我看見智識和人文意義上的接納可以達到何等程度。

　　謝謝臺灣師範大學國文學系的國能兄，不會忘記高中的「文藝社」，一起編輯校刊的情誼。那時作文比賽的佈告欄，你永遠是高年級閃亮的第一名，仰望你的座標，我會繼續前進。

　　當年帶著滿滿的問題意識重返校園，早已不再是青澀的年紀，也不只是為了一個學位，更像是尋求解答，一種為了找回自己而沉潛閉關的勇氣。這是一本自我解答之書，克羅齊說「所有的歷史都是當代史」，那麼想像的空間就留給讀者，太多故事與感激，容後再敘。最後謝謝萬卷樓的總編輯張晏瑞先生，以及編輯團隊以邠小姐、薈茗小姐，你們傾力的支援與信任令我感受溫暖，讓我覺得，回家真好。

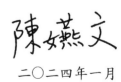

陳嬿文

二〇二四年一月

目次

導　言
從他律到自律：《現代文學》在臺灣文學場域的歷史坐標

一　文化的全球化與區域化

　　阿里夫・德里克（Arif Dirlik）在《作為歷史開端與終結的全球化：作為新型範式的矛盾含義》[1]一文中，談到全球化概念既是終結又是開端。終結是因為它實際是一個歷史進程的頂峰，與歐美的全球擴張（無論是物質上或文化上）有關；但它還有另一種含義，就是歐美對此一概念的挪用，把標誌著全球的「差異」引入全球化的範圍，使差異成為統一的、具普遍意義的景觀出現在我們面前，模糊或減少了成為「他者」的衝突與不適。

　　可是同化，並不意味完全相同。我們只有重新清楚地說明不同的歷史軌跡或梳理對歷史不同的言論，現代性的內容才因此有了共性。在這個意義上，全球化是一個新的開始，也唯有如此，才能又一次進入未經探究的區域。阿里夫說「我們所有人都被現代性觸動，但被觸動的方式是不同的」。所以，描述不同地域的「差異」，對於考慮「全球化究竟為我們帶來什麼」，以及在全球資本主義消費體系中，種族主義、文化民族、身分認同等議題扮演的究竟是關係的趨同彌合，還是衝突加劇的分裂，就具有重大的意義。

1　〔美〕阿里夫・德里克（Arif Dirlik）著，王寧譯：《跨國資本時代的後殖民批評》（北京：北京大學出版社，2004年），頁167。

在這裡以「全球化」作為導言的開頭，不是要模糊本書主題所要突顯的現代性問題。恰恰相反的是，全球化問題曾帶來的熱度使我們對現代性進程中包含的種種問題，有更細緻的探索與梳理。最明顯的，就是中心（歐美）與邊緣（第三世界與後殖民地域），以及全球資本主義範式與文化／民族／本土（地域）主義的衝突。

我們可以說全球化是現代化的產物。「全球化」的先鋒羅蘭・羅伯遜（Roland Robertson）認為我們解釋「全球化」理論複雜性的同時，還應該把這種複雜性歸納或簡化為同一性。他說，「世界秩序的建構對於任何一種當代理論的實施都是必須的。這種理解還必須包括與一些因素相區別，因為這些因素為朝向一極世界的發展掃清了障礙。例如資本主義和西方帝國主義的擴張，從廣泛性和全球性的代表──結構（和／或文化）的目標中取得的全球性媒體的發展等。」[2]這裡的「區別因素」，我認為正是指在建構全球資本同一結構和秩序的同時，如何生產與之相應的「本土化或地域性」的文化建構。在世界性文化衝突日益加劇的當下，被邊緣的文化民族（美籍亞裔、非裔、印第安人、馬來西亞華人、中國的少數民族等）與其歷史身分如何「不成為」全球的「發展障礙」，並積極能動地「介入」經濟生產或政治平衡的歷史舞臺，就成為一個關鍵的問題，這和他們人民的國族內涵想像和文化實踐有關。

其實從紛雜的理論線索和歷史現狀來看，我們不難發現，從現代性話語、到後現代後殖民理論，再到全球化的語境，現代人類社會對於「差異之他者」的觀看與隔膜，已從「區分他者─同化他者」發展到「突顯他者─接納他者」，這意味著從單向的、霸權式的文化權力

2　〔美〕阿里夫・德里克（Arif Dirlik）著，王寧譯：《跨國資本時代的後殖民批評》
　　（北京：北京大學出版社，2004年），頁194。

結構，逐漸轉變為多元的、民主式的文化權力結構。啟蒙現代性的資本結構和社會分工範式贏得了全球大範圍的勝利，而文化現代性的解構性質與流動（旅行）功能卻已發揮它來自本土的、強悍的主動性和生命力。這無疑是各地域民（國）族對歐美中心主義的文化反撲與輸送，而這種精彩的「反輸送」似乎方興未艾。以亞洲地區的文學／電影輸出來說，它正一方面顛覆歐美「東方主義」式的亞洲想像，一方面藉由文化（知識）經濟所生產的資本流通中獲得能量，以爭取國際政治場域中「關係的主導／或協商」的地位。這種「全球－區域」力量的變化與張力，恰恰呼應了布赫迪厄（Pierre Bourdieu）場域理論（field theory）裡關於「資本積累」與「場域位置」之間的關係，也證明各地區作為全球文化／資本場域的「行動者」（agency），有其方法論的基礎與承擔「政治中介」的實踐能力。[3]

　　至此，我的目的已十分明確，在「全球－區域」的概念與架構下，我們來到了「全球－中國－臺灣」的關係命題，與其中充滿張力的種族政治、意識形態、文化民族建構與資本競爭的複雜歷史。所謂「管窺一斑，可見全豹」，本文的核心將從文學／文化生產與再生產的角度出發，試圖為臺灣的過去和未來勾勒出一幅「文化想像與建構」的歷程與想像的藍圖。在兩岸重寫臺灣文學史呼籲甚高的此時，盼望「文學現代主義」在六〇年代臺灣本土的實踐，藉著這本書的梳理與出版，貢獻理論上與文獻上的雙重意義；並從文化現代性／審美現代性的角度，為《現代文學》雜誌和這一文學場域裡的作者和編者提供一個新的歷史評價。

3　參見〔法〕布赫迪厄（Pierre Bourdieu）《帝國主義的理性揭露》對全球化作為美國文化帝國主義的一個實例。原載《理論，文化和社會》第16卷第1期（1999年），頁41-58。摘自《跨國資本時代的後殖民批評》，同前註。

二 如何看待《現代文學》的歷史坐標？

本文嘗試以文化社會學及文化研究的綜合分析方法，解釋六〇年代臺北文學現代主義生產場域的實踐及其在文化現代性與審美現代性方面引發的思考與相關問題。

為了深入討論文學場域的實際個案在歷史中的有關文學接受、傳播、再製的過程與內部結構關係，以及教育、象徵資本、習性、階級等文學外部環境對於文學生產的重大影響；以下將以布赫迪厄的「場域」理論作為此一研究主題的理論基礎。此外，葛蘭西（Antonio Gramsci）的「文化霸權」概念與雷蒙德・威廉斯（Raymond Williams）的「系統文化論」也將應用於文學生產場域在其表意實踐上與其他社會場域諸如政治場域、經濟場域、教育場域等等之間的張力與滲透關係。

由於我的研究視角放在「臺北的文學場域」，所以我們必須知道在一九六〇年代臺灣社會正處於前資本主義發展時期，特別在臺北這個都會性格強烈的城市，研究文學現代主義的接受與傳播就必須正視文化工業在城市的發展與運作。而與文化工業密切相關的「藝術自律」概念，則是關於這一文學生產場域「價值生產」及「意義再製」的副產品。但作為「副產品」，這一美學概念最後卻成為貫穿本研究主題的價值結論與精神象徵。也就是說，在臺北六〇年代文學現代主義的實踐上，文學語言、形式的突破與發展，作品的題材、內容的異怪大膽，已成為區別傳統文學的重要標識；然而在與現代主義關係極為密切的「藝術自律」概念上，過去眾多臺灣現代文學的研究中卻鮮少提及。阿多諾（Theodor W. Adorno）的「論藝術雙重性」，恰恰在現代文學的美學問題上，以及文學的現代社會體制與市場機制發展上，將我們從複雜的現代情景中解放出來，使我們看見文學場域中無

所不在的「他律」原則下，「自律」的可能性。[4]

　　目前關於現代性在中國的討論仍方興未艾，亞洲的現代主義文學作為研究領域卻顯露疲態。一方面是因為華文學界對歐美理論分析仍存在的文化排斥感，社會學理論界又對文學文化現象缺乏一定的認識與關懷，另一方面是因為亞洲經過戰爭與殖民的洗禮，文化板塊急速擠壓與變動，人們對於現代性與現代文化所帶來的文化多元性與不可知感，需要不斷地進行反思、解構與重組，並重新建構新的文化認同與想像。這樣的研究思考極其耗時費功、卻與我們的文化實存（或稱存在，being）息息相關。所以在以上所提出的視角之下，我選擇一九六〇年在臺北創辦的《現代文學》雜誌作為研究主體，探討文學現代主義在臺灣，包含在區域亞洲的接受與變體，以及對本民族文化產生的影響和衝突，包括傳統知識分子面對現代性衝擊的回應與思索。此外，因應現代性而形成的新形態權力空間，即文字印刷媒體共時性特徵所凝聚的超時空、用現在的網路語言是「雲端的」公共領域，是如何顛覆封閉而單向的傳統權力空間，掙脫束縛而逐漸走向自主，並為市民社會的輿論公共性提供繁殖的土壤。這也是「文學現代主義」這個概念在亞洲重新「借殼」發展，而有了不同於歐洲經歷了啟蒙思辯和宗教改革之後的現代性，鋪陳交織出一幅具有「延異」特點與貢獻（différance，德希達語）的東亞現代圖景。

　　《現代文學》主要的創刊成員包括白先勇、王文興、歐陽子、陳若曦、余光中、李歐梵、劉紹銘等人，當年他們是一群出身於臺大外文系的精英學子，憑著一股衝勁和理想擔負起《現代文學》的編務。

4　〔德〕阿多諾（Theodor W. Adorno）著，王柯平譯：《美學理論》（成都：四川人民出版社，1998年），頁385-388。

他們從編輯走向、作品引介、創作活動、翻譯、邀稿、宣傳、廣告、銷售，到籌措印刷經費等等，一路摸著石頭過河，沒有經驗，沒有資金，也沒有《紐約客》或《巴黎評論》的編輯 know-how 可供參考。故可以說《現代文學》的創立本身就融入了臺灣社會現代性的進程，也記錄了文學現代主義在臺灣點滴的積累。僅僅是出於對文學的愛好與自覺或不自覺的使命感，這一本學生時代的「同人」刊物（這是個具有「共同體」性質的說法），卻在臺灣文化工業布滿荊棘的時代環境中不斷摸索成長起來，逐漸演變為一個具有現代模型、並通過市場機制檢驗的專業文學媒體和出版機構，成為臺灣文化產業發展史中不可或缺的領航員與參照系，為整個臺灣精英文化甚至流行文化都設置了有形或無形的文學標準和美學價值觀。《現代文學》作為六〇年代臺灣知名的嚴肅文學刊物，「文學現代主義」就是它最鮮明的主張。六〇年代眾多以現代主義為號召的文學刊物皆在歷史洪流中曇花一現，而《現代文學》以其「自給自足」的姿態屹立了二十年，開花散葉，占據了一個時代的文學話語權。[5]

對於《現代文學》在現代華文文學創作與作家培育的成就上，學界已有普遍的肯定以及對主要作家和作品的大量研究；對其文學外部環境與思潮的尋根溯源與梳理，也有一定的成果。然而靜態的文本文獻式分析，對研究文學內外部結構與其關係網絡來說，容易局限於線性時間觀，簡化了文學思潮接受與傳播中具備的主動選擇性與流動的空間性。例如直接將《現代文學》歸納為自由主義思潮與五四文學傳統的繼承者，或者「誤讀」了場域理論而將《現代文學》及其「行動

---

5 參見白先勇：〈《現代文學》的回顧與前瞻〉，收錄於歐陽子編：《現代文學小說選集》（臺北：臺北爾雅出版社，1977年），頁5-18。文中詳述文學雜誌生存之艱辛：「在工商起飛的臺灣，一本農業社會理想的同人雜誌，是無法生存下去的。跟我們同時掙扎的《文學季刊》、《純文學》都一一英勇的倒撲下去。」

者（agency）」都視為「不正當」或「理所應當」擁有文化、政治、
經濟資本的「右派」。這樣的研究與結論，使得「人作為文學主體的
位置」完全被抹滅，使臺灣現代文學及其研究長久離不開權力的魅影
與政治的傾向性。於是研究者雖眾，但對於《現代文學》的時代意義
與其所生產的文學價值，始終沒有在理論方面有較清晰與適切的定位
與評價。

　　基於以上理由，我認為在亞洲，特別是華文世界的文學現代主義
仍然具有深入剖析與研究的必要性。在臺北扎根生長的《現代文
學》，因著它特殊的地區性（臺灣）、都會性（臺北）與時代性（美蘇
冷戰），以及對五四白話文學運動以後、中國文學的「新傳統」所進
行的長期「文體實驗」和「語言實踐」，從地域性的角度來說，不論
彼時之花成熟與否，我們都必須重新檢視現代主義思潮與華文現代文
學之間「痛」（與文化民族主義的失落有關），並「快樂著」（與白話
文學運動的思想解放有關）的微妙關係。此外，《現代文學》因著它
的刊物屬性與印刷媒體性質，使文學生產與傳播的表意實踐得以凝固
並具體文獻化，而又保留其動態發展的軌跡，忠實紀錄了參與其中的
行動者（編輯、作家、譯者、贊助者、出版商、記者）網絡，使本文
在運用場域理論與霸權文化等文化社會學概念進行分析時，可以同時
對其理論的有效性進行檢視與反思，並提出有益的詰問。[6]

　　以歷史文獻式分析來討論現代主義思潮在臺灣興起，和《現代文
學》雜誌如何影響和形成六〇年代「文學現代主義主導文化」的現象
研究，為數並不少。然而以布赫迪厄場域理論視角與結構方式來分析

6　陳憲仁：〈急待整理的臺灣文學雜誌史料：對《文訊》雜誌社「臺灣文學雜誌專
　　號」及《臺灣文學雜誌展覽目錄》的觀察〉，《2005海峽兩岸臺灣文學史學術研討會
　　論文集》（廈門：廈門大學臺灣研究中心，2005年）。

文學現代主義場域裡的「實踐主體」，則較為罕見。其中兩個原因：
一，文學現代主義在臺灣生發的歷史背景相當複雜，六〇年代《現代
文學》創刊所處的時空亦是。雜誌的文學媒體屬性，使得文化場域的
邊界擴大且模糊，而政治場域對文學的干預，使行動者在其中的「施
為」具有某種矛盾性、強制性與不確定性。二，囿於場域理論的邏輯
性表述方式及其結構的象徵性，我們幾乎無法將場域的理論模型與實
踐主體的歷史經驗合併在一起討論，不是顧此就是失彼。然而場域理
論對於具體的文學實踐來說，比如雜誌、博物館、報紙、電視、電影
院等等文藝機制和機構的歷史發展，其多面向的分析視角、甚至是俯
瞰的棋盤視角和具有邏輯性的行為推演，在文學研究的應用上確實能
打開一些新的思路，為跨文化研究提供一種新的參考模式。

　　我們目前看到的關於文學場域理論的應用研究，能夠深入理論中
進行「文學動態邏輯」分析的例子很少。早年應用場域理論進行臺灣
文學研究最具代表性的是美國德州大學奧斯汀分校張誦聖的《臺灣文
學場域的變遷》。[7] 張多年旅居海外，對《現代文學》時期的現代主義
作家作品從「現代」過渡到「鄉土寫實」，運用了一定的場域理論框
架，為這段時期的臺灣文學研究開了一扇理論視窗。二十年過去，我
們仍鮮少看見有關文學現代主義行動者們在臺灣實行場域實踐的研
究，包括文學場域裡的機制是如何生成，文學意義如何被生產與再生
產，以及現代文學作品的審美價值和標準如何評判與建立。此外，貫
穿在現代文學作品中那種六〇年代新派西化知識分子在臺灣的精神風
貌，他們擁有的「群體特徵」、「文化習性」、「象徵資本」莫不具有一
定的特殊性，然而無論在理論方面或文學現象方面都仍解釋不足，這
也正是我個人在文學趣味之外，試圖從學術的角度對《現代文學》創

7　張誦聖：《臺灣文學場域的變遷》（臺北：聯合文學，2001年）。

作群體以及這段時期臺灣文學場域的活動進行理論化的研究和歷史背景的梳理。而需要補充的是，也有部分研究對《現代文學》作家群的論述採取意識形態上的主觀誤讀，指稱《現代文學》的群體成員與統治階級具有共謀立場，是利益共同體。此類意識形態先行的論述，則缺少從全球政經與文化思潮變遷的角度進行區域化的現代性觀照；區域是一個中性的概念，在本文並無中心邊緣之分，我們對於全球思潮下區域民族的現代文化建構需要付出更多的耐心與理解。這是我從安德森（Benedict Anderson）《想像的共同體（Imagined Communities）》裡獲得最重要的啟發。

　　《現代文學》做為紙本印刷形式的文學自主空間，在六〇年代扮演極重要的角色。它除了代表文學公共領域在臺灣的實踐歷程之外，也提供文學自主、藝術自主相關的美學發展空間及有關現代性議題探討。在五〇、六〇年代臺灣統治階級文學權力的包圍與限制下，意識型態話語實踐阻礙了文學內容與形式的正常發展，文學界的知識分子作為社會統治階級中的「被統治者」，更作為文學場域中的「行動者」，如何通過其自身的文學表意實踐，與其他場域諸如政治場域、經濟場域進行資本交換，為文學自身的合法化進行鬥爭？這樣的合法化與文學自主空間並不是自然之物，施為過程也絕非徒然，而是文學作為人類普遍價值的一種捍衛與信仰。然而我們也需要繼續探問，《現代文學》前身始於臺大外文系的同人刊物，開始僅僅作為外文系或中文系學生思想交流與創作實驗的刊物，為何至終卻能舉起臺灣文學現代主義的大旗，形成一個特殊的、精英的、具有先鋒性的文學場域？若我們用經濟資本統馭文化資本、文化資本交換階級或經濟利益的理論角度來看以白先勇為領軍人物的《現代文學》作家成員，以及他們在六〇年代臺灣文學場域中的「位置」，我們將得到什麼結果？

「文學趣味無功利」在現代社會是否只是一種幻想？因著市場機制的發展，文學的社會功能是否只能淪為商品，而成為思想的裝飾？

三　研究路徑與結構

由於我個人的趣味傾向，以及長期從事文學出版工作的所見與困惑，我的研究目的正是試圖將《現代文學》雜誌從這各種政治話語、意識形態的偏見和文學權力的神話當中解放出來。

《現代文學》的創刊成員皆來自第一學府臺大，可說是「國家精英（布赫迪厄語）」，教育機構與統治階級的共謀策略對市民社會來說總是魅影重重。加上主要創辦人白先勇的家族身分背景，和六〇年代臺灣所處的國際政經局勢，使後人對於《現代文學》二十年來傳播的文學訊息和文學價值觀、文學經典判斷皆有相當程度的質疑。本土論的興起，使臺灣文學界的研究話語有一部分淪為意識形態的附庸，失去一定的客觀性。然而談「客觀」又何其容易，每一個人都可能正是一個意識形態的產物。所以我們懷著「祛魅」的心情，對《現代文學》場域實踐和六〇年代的文學現代主義傳播進行「內外環境」的綜合考察，運用不同理論框架之間對場域研究的「相似性」，用以跳脫過去歷史文獻的單線式分析，首先是希望最大程度呈現《現代文學》小場域在臺灣文學的大場域下的複雜性、同構性、關係性和動態性。其次才是討論《現代文學》涉及的臺灣文學史觀和歷史定位和評價等問題。如果讀者在閱讀過程中理解了《現代文學》在臺灣文學場域中的外部時空結構、內部實踐法則、行動者運作策略與「文學現代主義」在臺灣被轉譯的特點和功能，我的「作者意圖」（anthorial intention）就可以說在一定程度上達成了。

本書分為上、中、下三個獨立篇章，每篇三章，一共九章。每章

仍有小節，由於概念和論點較多，不另設小節標題，保持閱讀的流暢。以下就三個篇章做一點結構概述與論點介紹。

　　一、上篇從「冷戰時代的情感結構與臺北政經／文化場域的張力」展開論述，討論三個重點：臺灣戰後的後殖民社會情境、現代主義全球化和美國「福特主義」（Fordism）、戰後知識分子的情感結構。看起來是背景式的敘述，但其中觸及諸多臺灣當今社會許多現實的問題，比如階級和語言造成的族群對立。這兩個問題直接影響到《現代文學》雜誌「主導話語」的生產，和置身場域中行動者們的身分認同，以及對於我們到底該如何「想像和建構一個文學新傳統」的提問。

　　二、中篇討論「文學現代主義場域實踐與再生產」，本篇主要嘗試應用布赫迪厄「場域」理論解釋現實語境的場域實踐，頻繁使用理論術語如「文學行動者」、「習性」、「教育機構」等與現實語境交叉對照，是為了補強我們在《現代文學》雜誌認識問題上的平面與狹隘，更好的以「主體關係性」的角度進入文學場域複雜的動態演繹。「關係演繹」可說是運用布氏理論的特點，雖然他的理論本身充滿「俄羅斯娃娃（a Russian nesting doll）」般的「圈套」，層層疊疊，但優點是結構性強，足以拔高立論使分析深化。但缺點在於，在闡述理論觀點時我們幾乎不可能自外於場域分析的邏輯反覆，以致於某些段落對現實語境的共時性觀照不足，這是兼顧理論與歷史語境敘述時的兩難。

　　三、下篇討論「文學公共領域與現代藝術機制形成」，《現代文學》雜誌作為六〇年代臺灣文學傳播的構成系統和載體，它呈現出一個「實踐場域」的特質、一個「文學界」的內涵、以及一個「公共領域」的想像空間。用中文傳統的表達方式，就是「文壇」或一個「圈子」。然而「文壇」和「圈子」的概念並無法直接帶領我們進入現代性的建構中，傳統的語境和語彙有其時代的局限性，「關係」的指涉

面通常相對狹窄。《現代文學》雜誌從校園的同人刊物走出社會，逐步形成具有現代性特徵的產業化文學機構，它伴隨著一個時代藝術機制大環境的成熟。這個動態變化的文學場域，與當時知名的「明星咖啡館」息息相關。我們考察歐洲咖啡館與文學公共領域的歷史與關聯，藉以從中發現亞洲區域「公共領域」與文學話語之間的互涉問題，以及《現代文學》雜誌在臺灣建構「市民社會」進程時所扮演的角色和貢獻。

此外，我還要對「理論框架與術語」的擇選進行一點說明。首先，在戰後臺灣社會面臨政治場域極度高壓的「他律」語境下，任何文學場域裡主觀的行動都一定涉及了對「自律」的要求，否則文學就只能是政治的附庸，遑論現代性帶來的社會分工特徵。關於自律性的討論在這裏涉及三個方面：一是場域的自律，二是文化工業機構的自律，三是文學創作的自律。上篇和中篇討論了文學場域的自律和文化工業機構（雜誌媒體）的自律行動，下篇則對《現代文學》作品進行審美現代性的討論，以阿多諾的美學自律觀為參照，從「藝術雙重性」的辯證來指認作品在「創作自律性」方面的貢獻。第二，本文所選取的相應理論方法和分析框架有其內在邏輯和系譜，總體架構亦參考了鮑曼（Zygmunt Bauman）的「共同體（Community）」觀點。「共同體」這一詞語本身就具有很強的現代性特徵，是基於社會分化後人們生存的異化感來說的，「共同體」是一種具有想像性質的、由一種或某種主張或理念彼此連結或結盟的團體，它預設了一個「安全、確定性、自由」的類似於「家」的構型。此後，安德森關於亞洲民族建構的專著《想像的共同體》，更進一步將理論框架與印尼新興民族國家的歷史進程融為一爐，令人信服地解釋新型態民族國家建構的方法在於對社會事實的「理解與想像」。關於「共同體」的理論範式家族，我擇取了布赫迪厄的「場域」、威廉斯的「文化系統論」、丹托

（Arthur C. Danto）的「藝術界」和哈伯瑪斯（Jügen Habermas）的「文學公共領域」。在這些理論範式中，作為物質系統出現的藝術文化通常被歸納為具有共同意識型態的組織、機構或流動的團體。這些團體由共同的價值和信念維持，邊界是流動、模糊而且是隨時可變動的。這些具有「域」性質的理論顛覆過去傳統對「家」的想像，而建構出新的一種關於「身分的認同」，「認同」的追求取代了關於「家、族、國」的涵義。這也是本文所討論的《現代文學》場域及其一代人，藉由共同的文學理念和價值積極介入，並汲汲追問、探索、形塑的「身分課題」。

在進入正文之前我還想說的是，作為一種感性欣賞，文學作品給我們帶來不同的況味與想像樂趣，甚至是我們在現世炎涼裡可供遮風避雨的一處夢裡桃源；但文學作為一種社會學或文化研究，所有的創作想像與理論生產，就勢必與人類當下生存的環境息息相關，也終將指向與回應我們內在真實的渴求，如何以實際並可能的方式來構建和完善，並經過漫長的再造、重塑而成為民族文化／歷史的一部分。如此，我們在諸多令人困惑的文學現象和歷史問題面前就不得不運用高度理性，在令人目眩的理論範式中來辨析文學實踐的軌跡，說明文學行動的目的。即便如此，在研究的過程中我仍時刻感受到歷史諸神的監督，我無法忽略、架空歷史來進行理論的邏輯推演；作為一位理論應用的研究者，我仍必須尊重歷史做出的決定。德裔歷史學家格奧爾格·伊格斯（Georg G. Iggers）的一段話使我釋懷：「歷史決定論不僅僅是一個歷史的理論，它涵蓋了整個生活的哲學。一個獨一無二的科學概念的集合體。特別是人類科學和文化科學，以及政治和社會秩序的概念。正如奧蒂嘉·加塞特（Ortega y Gasset）所歸納的一句話，人沒有本質，他所擁有的是歷史。……歷史反映了一種含義，而這含義

也只有在歷史中才能反映出來。從這種觀點看,歷史是研究人類事物的惟一方法。」[8]

這段話倒是提醒了我們,無論是全球或區域性的「文學現代主義」,至今都仍是一段「未完的歷史」,文學的想像與建構沒有本質論,擁有的也是歷史,而含義盡在其中。

---

8 〔德〕格奧爾格・伊格斯(Georg G. Iggers):《20世紀的歷史理論:從科學目標到後現代的挑戰》(漢諾威和倫敦:威斯廉大學出版社,1997年),頁28-29。引自〔美〕阿里夫・德里克(Arif Dirlik)著,王寧譯:《跨國資本時代的後殖民批評》(北京:北京大學出版社,2004年),頁184。

上　篇
情感結構與張力
——冷戰時代臺灣社會場域

第一章
擱置「殖民」與「五四」爭議，文學開始「戰鬥」

一　後殖民結構在臺灣

　　一九四五年，二戰結束，同盟國勝利，世界局勢轉變為美蘇兩大陣營。同時，抗日戰爭結束，臺灣光復，結束自《馬關條約》以來臺灣割讓給日本、成為其殖民地長達五十年的歷史。

　　一九四九年，國共內戰，解放軍勝利，國軍潰逃臺灣，困守島內。海峽兩岸的中國人開始近現代以來分治的歷史。

　　二戰後長達三十年的時間，歷史稱之為「冷戰」時期──世界各國不均等的軍事經濟勢力暗中角力，企圖在（美國／資本／自由）主義和（蘇聯／共產／社會）主義兩種「意識形態」之間，爭奪最大的政經利益，鞏固自身政權的合法性與統治地位。一九四五到一九五〇年臺灣光復後，島內人民從日本執政者手中歸回祖國，民族自豪感正待復甦，隨即又面臨國共內戰帶來的政治風暴與陰霾。新舊勢力交替間，民生、文化矛盾日益尖銳，社會民眾迫切需要面對自身文化重建以及殖民時期遺留下來「後殖民」社會結構的問題。這段時期島內文化知識界在重建臺灣新文學、新文化的過程中，也無法避免地必須面臨政治場域／意識形態的種種干預。

　　在本章戰後臺灣文學場域「張力」的問題上，以及「殖民」、「五四」等歷史爭議和政治宣傳文學之間的關係，我重點關注的是「語言

和情感結構」的複雜性。這一包含種族學、人類學、文化社會學等多義性的關鍵詞組,在特定的時間與空間裡,在政治、經濟場域和文化場域的階級關係裡,交織出極為複雜的面貌,若要詳細描繪這一段特定時空、特定區域裡所發生的民族現代化進程,我在歷史語彙和理論語彙上總是取捨困難,既要把握研究視角又必需兼顧敘述語境,和臺灣社會現實一樣面臨諸多挑戰。因著戰後臺灣的複雜現實與文學場域的旋律呈現各唱各調的喧嘩與零落,形成了政治與文學之間無限辯證的張力,而理論的介入與跨文化研究的目的正是「讓凱撒的歸凱撒」──讓政治與文學各從其類,各歸其位。對於戰後臺灣政治場域和文學場域的糾葛,以及後來文學現代主義如何間接促成「場域自律」的形成,我想從民族的角度來探討「語言」和「情感結構」,辨析歷史事件產生的社會的張力與衝突的焦點,重新梳理臺灣文學場域如何經過「漫長的革命」(威廉斯語),回歸文學自身發展的軌道和規律。

光復初期,臺灣社會彌漫著歡天喜地的氣氛,民眾張燈結彩慶祝回歸。原先在日本軍國主義和殖民主義長期統治下壓抑的民族情感和民主願望一時間爆發出來。在林正盛的電影《天馬茶坊》裡有一個情節令人印象深刻:臺灣民眾守候在收音機前等候光復的消息,一時間群情振奮,自發地在咖啡館前的廣告看板上畫國旗,宣告歸回祖國的光榮,本地文藝界人士也開始積極排練舞臺劇,準備以家鄉話(閩南語)演出,一掃從前母語方言受到壓抑的恥辱。臺灣作家楊逵、呂赫若、朱點人、周青、張文環等人也紛紛以具體行動如辦刊物、學習白話文來表達民族回歸的喜悅。日據時代後期活躍於臺灣文壇的臺籍日文作家龍瑛宗,在一九四五年十一月《新新》雜誌創刊號上發表了一篇小說〈汕頭來的男子〉,正是描寫臺灣抗日青年的犧牲與他熱愛祖國的心情:

> 現在，臺灣已歸還祖國，正洋溢在光復的喜悅中，臺灣正需要
> 一個純情又熱愛中國的人才，然而，此時失掉了像周福山一樣
> 的值得敬愛的青年，太令人惋惜了……他一直相信中國的光
> 明，但卻無法恭逢光復這個人類史上難得的盛典……。[1]

然而在這些歡欣的現象與氣氛背後，臺灣社會事實上卻潛在兩方面重
大的矛盾，一是長達五十一年日本統治的遺留問題，比如被破壞的語
言傳統和被強制輸入的「皇民」意識形態。二是當時接手執政的國民
黨作為統治階級，其半封建半殖民的威權性格，在挽救民族意識危
機、平衡島內族群衝突（左右翼各種思潮與勢力）的問題上失焦，使
官民之間發生暴力衝突，使臺灣歷史的發展而產生結構性的影響，在
很大程度上造成外省、本省族群之間情感的傷害。

　　在「殖民後」意識形態的問題上面，一九四五年十月二十五日
（也是臺灣光復日）出刊的《前鋒》雜誌創刊號，作家林萍心寫了一
篇〈我們新的任務開始了──給臺灣的智識階級〉的文章呼籲知識份
子要正視殖民影響的問題：

> 大多數臺灣同胞受盡了日本奴隸教育，他們中間大部分已成了
> 機械的愚民，小部分已成為了極危險的「準日本人」，我們要
> 用怎樣的手段和方法，在最短時間中去喚醒去感化這兩批同
> 胞，使他們認識祖國，使他們改掉「大和魂」的思想，成為個

---

[1] 曾建民：〈建設人民的現實主義的臺灣新文學〉，趙遐秋、呂正惠主編：《臺灣新文學思潮史綱》（臺北：人間出版社，2002年），第四章，頁157。（本書由陳映真、金堅范擔任顧問，兩岸學者共同撰寫。簡體字版由北京昆侖出版社出版（2001年））

個健全的國民，使他們能夠走上建設新臺灣，建設新中國的大
路去。[2]

作家龍瑛宗也曾發表〈文學〉一文說明他對日據時期的文學所做的深
切檢討：

　　……在世界史上，未曾有過作為殖民地而又文學發達的地方。
　　殖民地與文學的因緣是很遠的……有謊言的地方就沒有文學。[3]

另外，在一九四六年六月十六日成立的「臺灣文化協進會」以及該會
出版的《臺灣文化》月刊，是由當時一批官方與民間有「進步色彩
（左傾）」的省內外知識份子，網羅編譯館、臺大、師院等高級教育
機構和文化界人士如許乃昌、王白淵、蘇新等人合辦的，他們積極與
上海為中心的大陸文化界人士交流，除了延續「五四」民主與科學的
主張，也宣稱要「建設民主的臺灣文化、建設科學的新臺灣，肅清日
寇時代的文化遺毒」。而上海《文藝春秋》的主編范泉，早在同年一
月出版的《新文學》雜誌上也隔岸發表《論臺灣文學》一文，指出日
據時期臺灣文學「不能自由成長，政治的因素常常阻礙了它發育滋長
的方向，它在不安的心情下摸索著它的前途，因此進步是遲緩的……
所以臺灣文學始終在它的『草創期』」。他因此下了一個結論：「重入
祖國懷抱以後的臺灣文學……已進入建設期的開端了，我們將眼看著
臺灣文學站在中國文學的一個部分裡，盡它最大的努力，發揮中國文

2　曾建民：〈建設人民的現實主義的臺灣新文學〉，趙遐秋、呂正惠主編：《臺灣新文
　　學思潮史綱》（臺北：人間出版社，2002年），第四章，頁159。
3　曾建民：〈建設人民的現實主義的臺灣新文學〉，趙遐秋、呂正惠主編：《臺灣新文
　　學思潮史綱》（臺北：人間出版社，2002年），第四章，頁165。

學固有的傳統，從而建立起新時代新社會所需要的，屬於新中國文學的臺灣文學。」[4]

　　現在看來，當時文化場域裡的知識分子不分省籍，對於日據殖民遺害的問題與建設臺灣新文學的方向上是高度一致的，「文化中國」的民族立場十分堅定。但是文化界對於「如何推行祖國的民族文化」這個問題，卻顯出了相當的分歧，這個分歧最後不可避免導致了政治場域的高度介入。[5]

　　從光復初期（1945）到國民黨政權渡臺前（1949）這四年間，臺灣社會左右翼勢力也正進行路線的爭鬥，文化界出現「惡性的中國化」與「良性的中國化」論戰。所謂的「惡性的中國化」指的是以統治階級為代表的封建舊勢力與臺灣本地的舊殖民封建勢力結合，導致社會貪腐、失業、物價飆漲、省籍對立、言論鉗制等等現實生活的急速惡化。大陸渡臺作家王思翔在一九四六年五月二日的《和平日報》上發表《論中國化》一文，他說「隨著勝利而來，一種惡性的中國化正抓住整個臺灣……而現階段臺灣的惡性狀態，與全中國舊思想是一脈相承的」。而與之相反的「良性的中國化」，指的則是除了推動祖國傳統文化精髓之外，也積極引進以五四精神和魯迅精神為代表的中國新文化，以及進步的世界文化和思潮。[6]其中值得一提的是魯迅的至交許壽裳和《和平日報》副刊臺籍作家楊逵、謝雪紅、王白淵等人。

4　曾建民：〈建設人民的現實主義的臺灣新文學〉，趙遐秋、呂正惠主編：《臺灣新文學思潮史綱》（臺北：人間出版社，2002年），第四章，頁162。

5　這段戰後重建臺灣新文學的歷史與文化場域種種活動的真實情況亦可參照葉石濤：〈四○年代的臺灣文學〉，《臺灣文學史綱》（高雄：文學界雜誌社，1987年），第三章，頁69-81。

6　曾建民：〈建設人民的現實主義的臺灣新文學〉，趙遐秋、呂正惠主編：《臺灣新文學思潮史綱》（臺北：人間出版社，2002年），第四章，頁159-160。

許壽裳懷抱重建文化的理想到了臺灣，共發表了五篇有關魯迅的專論，在《魯迅的精神》和《魯迅的人格和思想》兩篇文章裡，傳播並宣揚了魯迅的「戰鬥的現實主義」精神。此外，在一九四七年的五四紀念日，在《新生報》上他發表〈臺灣需要一個新的五四運動〉：「我想我們臺灣也需要一個新的五四運動，把以往的日本毒素全部肅清，同時提倡民主發揚科學。」這樣的理念與「臺灣文化協進會」等省內外進步左翼結合，形成了光復後臺灣初步形成的現實主義文學思潮，並於魯迅逝世十周年之際，與大陸同步熱烈開展紀念魯迅的各種活動，宣揚「人民的現實主義文學」、「新民主主義精神」。[7]然而，不久之後發生了震驚全臺的「二二八事件」，官民因為一起私菸事件引發劇烈衝突，此時國民黨在內戰中已趨於劣勢，並抽調軍隊登陸臺灣進行大規模鎮壓，省內外知識分子紛紛被暗殺、關押或逃亡。以致於後來由《新生報・橋》副刊（上海復旦大學新聞系畢業的歌雷主持）進行的一場規模甚大的關於「如何建設臺灣新文學」的「人民的現實主義文學」論爭，最後也隨著國民政府全面撤臺而不了了之。事實上，導致二二八事件的是階級衝突而間接導致的省籍衝突，並非族群之間的相互仇視，但這次事件卻成為後來漫長的臺灣政治改革史上，解不開的「省籍矛盾」情結（社群、族群等各種緊張關係），影響社會甚劇。[8]

7　曾建民：〈建設人民的現實主義的臺灣新文學〉，趙遐秋、呂正惠主編：《臺灣新文學思潮史綱》（臺北：人間出版社，2002年），第四章，頁159-168。

8　參見褚靜濤：《二二八事件研究》（北京：社會科學文獻出版社，2012年）。臺灣光復初期，社會劇烈轉型，兩個疏離了五十年的群體走到一起，碰撞很難避免。在政治權利與經濟資源重新分配的過程中，統治者與被統治者、官與民的鬥爭，沿著省籍邊界展開。短短數日，傷亡約四千多人。事件後白崇禧（白先勇之父）被派往臺灣處理善後宣慰工作。

　　任何一個經歷「後殖民」的國家和區域，它的族（社）群關係的結構都是十分複雜的。法國社會學家布赫迪厄在開創場域理論之先，把社會學看成是一種社會位相（置）學，認為社會空間依不平等的資本分配而層級化，以致於擁有不同資本的社群依其在社會空間中的位置，產生支配、對立或合作的關係。於是，帶有現代社會分工性質的空間和場域，總是一個充滿「衝突與張力」的空間。對社會空間「資本和位置」的分類與描述，布赫迪厄說，「社會行動者的資本結構與資本總量，決定其在社會階級空間裡的位置。」[9]而所謂的「統治階級」，則是最大化占有寶貴資源的階層。

　　當一九四九年從大陸渡臺的國民政府，身為臺灣「新的」統治階級，當權者本身及其追隨者在歷史上和心理上都無法接受或面對臺灣為所謂的「家園」。雖然他們似乎擁用權力的合法性（比如武力、黃金、執政經驗、中原漢語等象徵性資本），但他們卻是被迫「離家」的一群人。雖然在大陸他們也經歷了戰事中「半殖民」的文化侵略色彩，但總體來說渡海來臺這群人的「中國國族」的主體性從未改變，人民的意識、歷史、語言並未受到外族強制性的改變。

　　相反的，對於歷史上長期歷經異族統治（西班牙、葡萄牙、荷蘭、清朝、日本）的臺灣人來說，由於種族的遷移、混雜和變異，以及漢民族本身長久居於弱勢的原因，他們對身分的認同，還不及對土地的認同。可以說在「現代」以前——無論是以原住民族或漢民族的角度來說，臺灣人在政治上都未有過真正意義上的「民族自主（理）」。所以當抗戰勝利，日本殖民者離開，臺灣人準備面對祖國政府（國民黨代表的統治階級）時，心理上產生一個高度的「期待

9　朋尼維茲（Patrice Bonnewitz）著，孫智綺譯：《布赫迪厄社會學的第一課》（臺北：麥田出版，2002年），頁73-74。布氏將「資本」概念主要分為「經濟」、「文化」、「社會」、「象徵」等四種資本形式。

值」，這個期待值是以願意學習並回歸漢民族（中國）的「身分和語言」為前提的。[10]

二　文學霸權和民族「失語」

　　班納迪克・安德森（Benedict Anderson）在《想像的共同體》中說，「想像民族最重要的媒介是語言。」[11]近代所有經過殖民統治的亞洲國家和地區，都必須艱難地經歷並處理一個「民族想像」的問題，因為思想和文化的傳遞，語言是最重要的載體。從語言上區分，一九五〇年代臺灣人口結構主要分成兩大塊，一半以上是在島內經歷日本殖民的長住者——包括閩系、客家移民和原住民（主要講日語，兼及閩語、客語、原民語）。另外一大部分是跨海來臺、沒有經過殖民統治的國民黨高級幹部要員及軍人、眷屬（主要講國語，即普通話。兼及各省方言）。他們不同的語言和身分背景在臺島的一隅相遇，卻面臨了相同的處境，成了「無家可歸」（homeless）的人。然而島上這兩類族群共同的、「無家可歸」的處境，並不是一種簡單的、可類比的、或是同一性質的情感結構（structures of feeling，雷蒙德・威廉斯語），而是各有其複雜交織的歷史脈絡和文化構成。

　　關於這種「族群情感結構」的複雜性，雷蒙德・威廉斯聚焦於一種「社會變動過程中人們活生生的經驗感受與生活方式」。威廉斯說，「當我們注意到從不以『同一種語言』交談的各代人之間的對比

---

10 朋尼維茲（Patrice Bonnewitz）著，孫智綺譯：《布赫迪厄社會學的第一課》（臺北：參田出版，2002年），頁156-161。

11 〔美〕班納迪克・安德森（Benedict Anderson）著，吳叡人譯：《想像的共同體》（上海：上海人民出版社，2011年），頁13。

的時候，或當我們讀到社群之外的人對我們生活的描述的時，或當我們觀察到那些學習我們的生活方式、但未在這種方式中長大的人身上所表現出來的言語或行為風格上的細小差異的時候，我們深刻的認識到這一點。」[12]他更進一步強調，「當我們研究過去任何時期的時候，我們是處於來訪者、學習者、和另一代人的位置上。儘管這種情感結構可能被轉向瑣碎的敘述，然而具有這種特點的事實既不是瑣碎的也不是邊緣的，它令人感到非常關鍵。」[13]因此「文獻式」文化分析應該注意那些作品中論證的獨特方法和語調，使我們盡可能的感知這個時期的社會特點、一般活動、價值模式、及對這些作品中展現出來的強烈的共同的情感，雖然我們沒有一個人可以說真正地瞭解那些「活生生的經驗」。[14]

正因為語言和生活方式的差異使我們輕易能夠辨識「他者」，並感到「他者」對我們潛在的威脅性，於是在「二二八」事件後，島內人民對作為「異鄉人」[15]統治階級的國民黨以及從大陸遷居的二百多萬人口所加增的政治、經濟、文化上的動盪，感到徬徨和不適；而當

---

12 〔英〕雷蒙德・威廉斯（Raymond Henry Williams）著，趙國新譯：〈文化分析〉，載羅鋼、劉象愚：《文化研究讀本》（北京：中國社會科學出版社，2000年），頁131。

13 〔英〕雷蒙德・威廉斯（Raymond Henry Williams）著，趙國新譯：〈文化分析〉，載羅鋼、劉象愚：《文化研究讀本》（北京：中國社會科學出版社，2000年），頁132。

14 〔英〕雷蒙德・威廉斯（Raymond Henry Williams）著，趙國新譯：〈文化分析〉，載羅鋼、劉象愚：《文化研究讀本》（北京：中國社會科學出版社，2000年），頁134-135。

15 參見齊格蒙・鮑曼（Zygmunt Bauman）：《現代性與矛盾性》，頁116：「異鄉人不會接受本地文化，因為這種文化絕不會首先嘗試著去修正自身的某些規矩；也許正是這些規矩，對本地人的安全和自信有著至關重要的意義。本地文化將異鄉人定義為異端分子——既非朋友亦非仇敵——並打入另冊，因為那個矛盾的群內／群外規定了生活世界秩序的界限。異鄉人在他想使之為自己所擁有的文化領域內，未派定任何地位。因此，他的進入預示了對他所進入的文化的侵犯。僅僅因為他的進入這一動作，曾是安全寓所的本地人的生活世界變成了一個不安全的、問題重重的競技場。」

時國民黨政權在一九四九年十二月全面潰遷臺灣時，也處在嚴重的內外交困之中，戰後工業的蕭條、物資匱乏、政治上的孤立無援，加上島內混亂的局面，在在都逼使國民黨政府痛下決心，為了鞏固這「最後一片陣地」，而開始進行一系列「反攻復國」的政治、軍事、思想改造等策略，以期將臺灣建設成所謂「復國基地」。其中，「文化改造運動」則是眾多改造舉措中的重要環節，它直接構成五〇年代臺灣的文化生態環境，以政治高壓和文化控制相結合的方式，實現官方話語霸權與文化壟斷政策，務求短時間內建立絕對的控制權。此時，文學創作的自由受到嚴重威脅，文學場域完全服膺政治場域的左右與干涉，失去它原本在現代化分工中應該自律發展的空間，此為五〇年代臺灣的政治宣傳文學、也是確立統治階級「文化霸權」合法性的策略和過程——「戰鬥文藝」的開端。[16]

在戰後「臺灣地區戒嚴令」的恐怖氣氛下，戰鬥文藝作為「反共、抗俄、復國」三位一體的文藝思想最高指導原則，各地紛紛成立「戰鬥文藝委員會」，官方採用「報銷主義」來推行戰鬥文藝。「當局一聲令下，『一些官員們便為戰鬥文藝忙得團團轉，連各縣市都掛出戰鬥文藝委員會的招牌，委員們天天開會討論、擬綱領、訂方案，汗流浹背、空前緊張。』透過當時的臺灣政界和文壇過來人的描述，戰鬥文藝發起的官方背景，從中窺見一斑。」[17]

作家白先勇在回顧這一段歷史的時候，也以「神話」來看待這場

---

16 趙遐秋、呂正惠主編：《臺灣新文學思潮史綱》第五章〈戰鬥文藝淪為反現實主義逆流〉（臺北：人間出版社，2002年），頁204-208。

17 趙遐秋、呂正惠主編：《臺灣新文學思潮史綱》第五章〈戰鬥文藝淪為反現實主義逆流〉（臺北：人間出版社，2002年），頁211。

來自政治場域的文藝運動。白先勇的父親白崇禧原是國民黨抗戰時期的大將，隨軍撤退臺灣後，沉寂地度過晚年。當年他們父子對「復國」的可能性到底如何判斷，也頗令人玩味。白先勇說：

> 國民政府遷臺之始，即提出響噹噹的反共復國口號，從火車站到酒瓶標紙上隨處可見，可謂無所不在。這官方的神話正好代表了流放者的心態：從大陸逃來的人，不過以臺灣為臨時基地，好發他們的美夢，希望有一天回到海峽的彼岸。國民政府統治臺灣初期，這種神話在人民的政治心理上根深蒂固，沒有人敢懷疑；當時的文學作品自然也反映在這方面，不免產生麻醉的作用。[18]

除了要「麻醉」當時的臺灣社會以鞏固統治權力外，國民黨在檢討「戡亂戰爭」失敗的原因時，把責任歸咎於三〇年代的文藝，以致於一九四九年以前出版的現代文學作品和理論書籍幾乎被一網打盡，至此，完整的「五四」文化在臺灣斷了根，只剩下渡臺的胡適微弱的喘息。學者呂正惠認為：

> 在撤退到臺灣不久，國民黨正式下令……留在淪陷區的學者、文人的著作一概禁絕。這等於宣告，中國現代史上百分之九十九點九的有價值的文學與學術作品一概免讀。這種空前絕後的「否決」歷史與文化的舉動，以最實際、最有力的方式宣告了五四文化在臺灣的死亡。[19]

18　白先勇：〈流浪的中國人──臺灣小說的放逐主題〉，載《白先勇自選集》（廣州：花城出版社，1996年），頁407。

19　呂正惠：〈現代主義在臺灣〉，載《戰後臺灣文學經驗》（臺北：新地文學出版社，1995年），頁10。

由此我們看見，在歷史環境與政治權力的干擾下，五四精神裡最為重要的民主訴求、反傳統的申辯以及現實主義的關懷大大削弱，加上後殖民社會遺留的文化性格、民族意識尚待重建與變革，臺灣社會在文化思想建設方面是混沌一片的。這是「民族集體失語」的現代特徵，也是新型態現代國家的統治階級何以在新民族傳統建構的過程中，每以「文化霸權」施壓來保證其統治合法性的主要原因。但這恰恰不是解答，而是曝露出問題。當傳統面臨崩壞或斷裂，區域主體的文化建構要如何填補思想的空白和缺口？現代體制如何實施和建立？文化道統的銜接是否有其必要？這正是戰後亞洲每個新型態民族國家必須面對的課題。之後的章節我還會繼續論述並回應這些問題。

在進入下一節全球現代主義文學思潮的討論之前，我想在方法論上討論或解決的是一個「何為五〇年代臺灣主導文化」這個「譜系或分類學」的問題。臺灣或華文學界大多認為「戰鬥文學」作為官方文化霸權，毫無疑問的就是五〇年代臺灣文學場域的「主導文化」；而這個主流到了六〇年代取而代之的是「現代主義文學」，七〇年代再取而代之的是「鄉土文學」。然而，在實際進入文獻分析時，卻發現這樣的「歷史分期」和「文學分類」並不準確，甚至可能在一定程度上干擾我們理解文學思潮的動態演變，使得政治場域和文學場域之間原本就糾纏不清的關係更加模糊。有幾個理論的關鍵詞我們在分析運用上必須特別留意，比如安東尼奧·葛蘭西的「文化霸權」和「文化領導權」，這兩個理論詞組有定義上的演變和區別，葛蘭西的理論視角主要是站在「政治場域」的層面來闡述的，而威廉斯的「文化系統論」則完全是站在「社會場域」的角度來解釋作為物質系統的文化，以及這個作為物質系統的文化其內在關係的衝突、合併與動態衍變。所以說葛蘭西和威廉斯在談到「文化」這個概念時在立場和立論上是

截然不同的。

在《馬克思主義與文學》裡，威廉斯將文化作為社會的「核心價值系統」分成三種類型：「主導文化（Dominant）」、「殘餘文化（Residual）」和「突發文化（Emergent）」。[20]

在談論主導文化時他說，「在任何社會、任何特定階段，總存在一個實踐、意義和價值的核心系統。⋯⋯這個核心系統不只是抽象的，是有機的、有血有肉的。[21]」這個「有機的、有血有肉的」，說明了主導的系統需要經過一個過程，並且有萌芽、發展、長成、結果之路，而能稱之為現行的、主導的文化，總是必須依賴於「真正的社會過程」，而絕非強加的外來意識型態。我們在談論臺灣文學時，若過分強調文學與政治、時代的關係，很容易落入一個圈套：那就是把文學內在意義的發展，與社會之間的關係抽象化。威廉斯認為，我們必須首先明確「文學與社會之間沒有抽象的關係」，文學從一開始就作為社會的實踐而存在，直到文學與所有其它實踐都被呈現，社會才可以被看成是完全形成。以這樣的觀點，我們研究臺灣文學時，需要把文學與社會實踐之間的「關係」作為首要，不能將之單單視為時代產物，而是需要將文學相關的所有實踐（價值、意義、個人使命等）及其政治、經濟場域關係網結合起來討論，甚至具體到文學媒體機構的形成與傳播等。正如威廉斯所概括：「我們不能將文學、藝術與其它社會實踐隔離開來，使之服從於非常特殊的和個別的法則。作為實踐，它們可能擁有相當特有的特徵，但不能使之與一般的社會過程相

---

20 突發文化（Emergent），或譯新興、另類文化，在此取〔英〕雷蒙德·威廉斯（Raymond Henry Williams）著，胡譜忠譯：〈馬克思主義文化理論中的基礎和上層建築〉，原載《外國文學》1999年第5期。

21 Raymond Williams, *Marxism and Literature* (New York: Oxford University Press, 1977), pp. 109-127.

分離。」[22]

　　相對於威廉斯主導文化是立足於社會過程（大眾）的這一觀點，葛蘭西對文化霸權和領導權的解釋很顯然是立足於政治控制層面的（統治階級），兩者之間有所區分。葛蘭西認為，「文化霸權不是一種簡單的、赤裸裸的壓迫和支配的關係，並不像人們過去所理解的那樣，是由統治階級把自己的意識形態強制地灌輸給從屬階級。霸權的形成需要依賴被統治者某種自願的贊同，依賴某種一致的輿論和意見的形成，而這總是一個過程和鬥爭的結果。[23]」

　　如前述，一九四九年以後臺灣的文學完全由政治因素所推動，透過當局一些文藝核心人物的主持，借助「中國文藝協會」、「中華文藝獎金委員會」等，聚攏、扶植、並獎勵、指導作家。特別是一九五〇年五月四日「中國文藝協會」的成立，會員達一百五十餘人，一年後，發展成近八百人，可以說幾乎網羅了臺灣較有名望的文學工作者，其宗旨為「團結全國文藝界人士，研究文藝理論，從事文藝創作，展開文藝運動，發展文藝事業，並促進三民主義文化建設，完成反攻抗俄復國建國任務」。至一九五四年文化清潔運動，以及一九五五年戰鬥文學的提出，官方的意識形態文化霸權被建立為「反攻抗俄的文學」，並且達到頂峰。

　　這一系列文藝機構的設立、獎勵辦法和宣傳綱領，都是統治階級為了獲取「被統治階級的贊同」所做的努力，以鞏固其文化霸權和領導權。東尼・貝納特（Tony Bennett）進一步解釋：

22　Raymond Williams, *Marxism and Literature* (New York: Oxford University Press, 1977), pp. 109-127.

23　羅鋼、劉象愚著，趙國新譯：《文化研究讀本》〈前言〉（北京：中國社會科學出版社，2000年），頁17。

統治集團的支配權並不是透過操縱群眾來取得的，為了取得支配權，統治階級必須與對立的社會集團、階級以及他們的價值觀念進行談判（Negotiation）……換言之，霸權不是通過剪除其對立面，而是通過將對立一方的利益接納到自身來維繫的。為了說服那些甘心情願接受其領導的人，統治階級的政治取向必須有所修正，這使得任何意識型態中簡單的對立，都被這一過程消解。[24]

因此我們可以理解某個時代與某個社會的文化，都是一個複雜的併入與協商系統，充滿著價值觀的對立與談判，文學和思潮也絕非單一概念或分期所能定義的所謂「時代產物」。從統治階級的立場來說，五○年代臺灣官方話語霸權的代表策略——「戰鬥文藝」，事實上的確是作為統治階級的意識型態而存在的。我們可以將其理解為統治階級有控制力的、有領導權的「支配文化」，卻不能將之簡單理解為威廉斯強調社會、大眾屬性的「主導（核心）文化」。威廉斯的觀點說明，政治宣傳文學只能是屬於突發區域內出現的一種文學運動，雖然表面上轟轟烈烈，但這只是由於政治場域干預文學場域所致。文學決不只在突發文化區域內出現，實際上，突發區域內出現的文學是相當罕見的。若是我們將這段時期根據時代特徵和政治因素，機械地將政治宣傳文學定義為主導文學，等於是誤讀也誤用了威廉斯的理論。威廉斯說，霸權不該僅僅在意見和控制的層面得到理解。即便在五○年代政治文學最為鼎盛時期，作為一種外在政治場域的干預，它並未構成一種社會中大多數人的「現實感」，也就是說，在大部分民眾的社會生活裡，政治文學並未實際與他們的生存發生關係。我們可以這樣

---

24 羅鋼、劉象愚著，趙國新譯：《文化研究讀本》〈前言〉（北京：中國社會科學出版社，2000年），頁17。

說，政治層面的霸權文化生命極為短暫，它作為社會群眾核心文化的一個對立面，只能歸類合併（incorporated）為突發區域中一個非常重要的「另類文化」。

　　威廉斯曾提到，一個強加的意識形態，或者只是統治階級或統治階級一部分的孤立的意義和實踐，而這統治階級文化的一部分凌駕於他人之上，僅僅占有著我們思想的表層，那麼我們則可以斷定這將是一件很容易顛覆的東西。[25]所以當五〇年代中後期（1957），「戰鬥文藝」運動在達到泛濫高潮之際，就開始出現衰落的頹勢。這一年，「中華文藝獎金委員會」因經費斷絕而撤銷，原因是御用文人張道藩在政治上失勢。這更加說明了現行主導文化絕對不是、也不能取決於一個人或一些作家在政治上的失勢。

　　以上都說明了過去政治宣傳文學被預設成為是五〇年代現行的主導文化，是取決於控制層面，而不是取決於文化所依賴的真正的社會過程。然而今日對於臺灣五〇年代何為主導文學的討論，似乎都被政治的因素、控制層面所蒙蔽，將五六〇年代政治層面的霸權文學，與美學意義上的全球現代主義思潮混淆，反而大大模糊了政治場域和文學場域的「邊界問題」。文學分析當然不能與其它社會實踐（或政治實踐）完全隔離開來，但也不能強迫使之服從於非常「特殊的和個別」的法則。作為一種實踐，政治上的文學領導權可能擁有相當特有的特徵，但我們不能使之與一般的社會過程混為一談。

　　綜上所述，在一定的理論框架下論述戰後臺灣社會語境和場域背景是非常有必要的，這使我們避免過度主觀與感性地來看待民族自身

---

25 Raymond Williams, *Marxism and Literature* (New York: Oxford University Press), 1977, pp. 109-111。

的歷史與世界的關係。我歸納了三個重點：一是後殖民的語言問題，二是傳統和現代之間，民族的情感結構問題。第三是，政治話語霸權和社會文化場域之間，辨識何為真正主導文化的現代性問題。

　　在本章，我們主要是從社會結構面與政治場域面來討論臺灣的後殖民情境，然而我們還需要從國際政治、經濟等更大的權力場域方面，以及世界思潮的演進變化對臺灣社會在文化實際層面的影響展開討論，也就是暫時避開統治階級霸權的障蔽，直接從文化意識型態層面考察臺灣文化場域的實際情形。下一章我們將繼續圍繞上面這三個問題，從世界文學場域的動態變化和理論的旅行中來看臺灣社會的真實樣貌。只有在深入理解和釐清以上三方面構成的背景問題之後，當我們探問「文學現代主義」對新文學傳統建構的影響以及《現代文學》場域的文化實踐時，一切文化的、民族的、制度的想像和重建，才能實際而有效的開展。

第二章
現代主義思潮全球化與美援文化的象徵權力

一　工業革命與跨國現代主義美學

　　相對於舊的、被經驗、可定義的「傳統」,「現代」這個概念作為新的、歷時不長、尚待建構的階段,總是無法定義。現象的歸納是一個常見的辦法,本章要做的嘗試和努力是從種種龐雜的全球現代狀況中「選擇性」地另闢蹊徑,描述何為現代主義文學思潮輸入臺灣的「傳播路徑」與「接受機制」。此外,美國的資本主義現代性對泛殖民的亞洲社會的「啟蒙」影響,並在文化上如何影響民族國家的認同和抵抗(或吸納轉化),也是討論的重點。

　　在二十世紀二〇年代之後,現代主義在全球被廣泛地接受並獲得合法性。現代主義是一個國際性的運動,是不同時期、不同國家達到頂峰的許多不同力量彙聚的焦點。在眾多對現代主義的詮釋、梳理與分析中,一九七六年英國企鵝書店出版的《現代主義》至今仍顯出它論述的精確和有效性。當我們參照國際各大都市啟蒙現代性與文學現代主義之間發展的過程與關係時,心理不免有困惑:在柏林、維也納、布拉格、芝加哥、紐約、巴黎、倫敦甚至莫斯科等這些「現代主義的城市」中,亞洲城市的「話語缺席」多麼讓人感到遺憾。如果說全球資本主義政經體系早在十九世紀末強行介入亞洲,那麼文學現代主義

在東京、首爾、上海、曼谷、香港甚至臺北，也正激烈地發生翻天覆
地的震蕩。就如馬爾坎‧布萊德貝里（Malcolm Bradbury）在〈現代主
義的地理分布〉開頭中說：

> 現代主義比較顯著的特點，就是它分布範圍很廣，具有多民族
> 性。粗略地看一看它在東方和西方，從俄國到美國的發展模
> 式，人們會注意到，各種藝術現象的出現、意識的爆炸、兩代
> 人的衝突──即使不總是發生在同一時代──都顯示出驚人的
> 相似之處。但是每個對現代主義有所貢獻的國家都有自己的文
> 化遺產、自己的社會和政治張力，這些又給現代主義添上了一
> 層獨特的民族色彩，並使任何依據個別民族背景所做的闡釋都
> 成了易引起誤解的管窺蠡測。[1]

當然在布萊德貝里寫作的七〇年代，現代主義在亞洲仍是一片待墾之
地，現代化進程與民族國家體制建構，幾乎還停留在文化傳統的新與
舊、改革或保存的爭論之中，而歐洲大城市早已經過現代主義運動的
高潮。這印證了現代主義是一種旅行的說法，不僅是亞洲國家有文化
傳統和語言變革的問題，歐陸等國也經歷一系列思想變革與文化民族
的改造。從英國工業革命開始（如果我能以此作為現代化開端的定
義），經濟生產結構的改變從一個城市到一個城市，連帶發生美學意
義上的生存反應和文化反應，新階級的產生和交流方式的劇變，在在
迫使人必須面對、適應和擁抱「現代」。比如二十世紀初期發跡的德
國「包浩斯」設計學院，他們的理念是打破藝術與實用之間的界線，

---

1 馬爾坎‧布萊德貝里（Malcolm Bradbury）、艾倫‧麥克法蘭（Alan Donald James Macfarlane）等編，胡家巒等譯：《現代主義》（上海：上海外語教育出版社，1992年），頁75。

將批量生產的實用物件烙上藝術的印記，讓藝術走進生活。然而這個理念的生發恰恰是因為工業革命帶來的機械生產的「限制」所造成，原本充滿線條感的、複雜的花紋、傳統的技法、精雕的手工……都因為機械生產的經濟成本問題而必須有所變革，於是相應的「現代主義」美學觀——簡潔的、冷靜的、金屬的、抽象的、理性的、或功能性的訴求，就從建築師藝術家如保羅‧克利（Paul Klee）、康丁斯基（Kandinsky）等精英階層的推動影響下，逐漸普及到大眾的視野。這是從馬克思（Karl Marx）的生產方式影響上層建築的角度為現代主義思潮做的一種補充注解，也是現代性的矛盾：一方面極欲從傳統生產模式的關係束縛中掙脫，另一方面卻因追求現代利潤和效率反而束縛了美學意義上本真的人性——重要的是，兩者不可擇其一。現代化使生產方式改變了，城市景觀改變了，生活的內容、交往關係和感覺也都改變了。

按布萊德貝里的看法，現代主義在各地的旅行極其相似卻又千差萬別，取決於人們是在哪個中心、哪個首府來觀察它，但我們仍然很難追溯現代主義運動發生的地點和明確的年代。對於社會現代化（啟蒙現代性）所帶來的思潮和美學上（文化和審美現代性）的反應[2]，我響應法國批評家羅蘭‧巴特（Roland Barthes）關於傳統與現代「分水嶺」的說法：「應當體現從新階級和新交流方式的演變中產生的世界觀的總和，並把它劃在世紀的中葉……一八五〇年左右，傳統的寫作崩潰了，從福樓拜到今天的整個文學都成了語言的難題。」[3]

2　對現代性概念的辨析，如啟蒙現代性與文化、審美現代性之間的矛盾與辯證，參見周憲：《審美現代性批判》第二章〈現代性概念：從總體性到地方性〉（北京：商務印書館，2005年），頁53-63。

3　馬爾坎‧布萊德貝里（Malcolm Bradbury）、艾倫‧麥克法蘭（Alan Donald James Macfarlane）等編，胡家巒等譯：《現代主義》（上海：上海外語教育出版社，1992年），頁75、頁5。

　　這個「語言的難題」從現代性一開始就在人與社會之間方方面面的關係形成阻礙與困惑。這個難題究竟意味著什麼？僅僅只是文字意義上的寫作嗎？恐怕不是如此簡單。語言包含交際，或者說語言就是交際／交往（哈伯瑪斯〔Jurgen Habermas〕語）。除了工業革命，以及工業革命帶來的帝國資本主義侵略和大規模的殖民現象（如前章所述），語言代表的象徵性權力也帶來階級的不平等與資本積累的不均衡。加上由於傳統的事物逐漸分解崩潰，新社會的專業分工有高度的排他性，人們生存的主體性受到科學量化和術語轉換的衝擊，各種關係之間的認知理性和交往（溝通）理性也受到挑戰，而藝術和文學作為一種表意實踐的語言，在「現代性」面前也面臨「失語」的危機，詩意不復存在，無論是宗教式的情感依托或是原始的、圖騰式的民族情感都面臨斷裂的危機，於是有「文學已死」和「藝術終結」的人文主義式的呼籲。這是現代化生存景象裡最根本的難題。一如作家奧古斯特·史特林堡（August Strindberg）在《朱莉小姐》（1888）中談到他的民族時說：「由於他們是現代人物，生活在一個無論如何都比前一時代更歇斯底里的過渡時代，我認為他們是分裂的，動搖的……是過去和現在的混合物……是從書報上扯下的碎片。」[4]

　　這就是十九世紀八〇年代和二十世紀三〇年代之間任何一個現代主義作家都可能會做出的評論：在破碎性、不連續性和現代過渡性之間的一致方面，它本身就是現代的。[5]所以在破碎、不連續與斷裂的現代性面前，文學和藝術必須創造一種或多種新的感覺和表達方式，

4　馬爾坎·布萊德貝里（Malcolm Bradbury）、艾倫·麥克法蘭（Alan Donald James Macfarlane）等編，胡家巒等譯：《現代主義》（上海：上海外語教育出版社，1992年），頁33-34。

5　〔瑞典〕奧古斯特·史特林堡（August Strindberg）：《朱莉小姐》之「序言」。轉引自馬爾坎·布萊德貝里、艾倫·麥克法蘭等編：《現代主義》（上海：上海外語教育出版社，1992年），頁33-34。

來解釋和承載這些難以名狀的現象和感受，如畢卡索一句名言：「藝術不是真實。藝術是使得我們瞭解真實的謊言。」[6]於是諸如唯美、浪漫、表現、實驗、達達、未來等各種「主義」的文學流派應運而生。起初現代主義總是披著「為藝術而藝術」（l'art pour l'art）[7]的先鋒姿態出現的，任何在藝術與文化方面的現代性及現代主義審視，我們得從波特萊爾（Charles Pierre Baudelaire）開始，他被認定是傳統中的先鋒人物。波特萊爾詩作的內容，大多屬於都市感性的內容，全力展現激烈的焦躁和速度、道德混淆，以及寂寞。到了三〇年代，這種都市的感性反應在現代小說創作多樣的主題與風格上，則充滿著語言的閃躲（例如卡夫卡〔Franz Kafka〕）、抗拒（例如卡繆〔Albert Camus〕）、迂迴（例如普魯斯特〔Marcel Proast〕）、逃避（例如吳爾芙〔Virginia Woolf〕）與耽溺（例如格里耶），可以說現代主義者們把這門「真實的謊言藝術」發揮到了極致。然而，現代主義思潮的發展在複雜的政治現實（世界性各國的左右翼路線衝突）面前，總是與民族主義糾纏不休，它本身的「反身性」（重複地、解構地反思自己與他者）很大程度被左派定義為保守、模稜兩可和逃避，所以大多數現代主義作家並不願意承認自己信仰「為藝術而藝術」的信條。

這一點我們在美國現代主義學者帕特莉卡‧勞倫斯（Laurence, P.）的《麗莉‧布瑞斯珂的中國眼睛》裡可以看到非常顯著的例子。三〇年代跨國現代主義者之間友好的聯繫，在中國、英國兩個現代主

6　轉引自〔美〕貝維拉達（Gene H. Bell-Villada）著，陳大道譯：《為藝術而藝術與文學生命》（臺北：知書房出版社，2004年），頁187。

7　〔美〕貝維拉達（Gene H. Bell-Villada）著，陳大道譯：《為藝術而藝術與文學生命》（臺北：知書房出版社，2004年），頁3。法文詞彙l'art pour l'art的使用，是因為此理念的信條，最早是以戰鬥口號的面目出現在巴黎，也就是最多前衛運動與社會口號的發源地。與唯美主義（aesthetic）、純詩（pure poetry）、美學分離主義（aesthetic separatism）等概念意義相似，幾乎可以替換使用。

義文學團體「新月社」和「布魯姆斯伯里（bloomsburry）」之間得到很好的體現。「布魯姆斯伯里（bloomsburry）」是一九〇五年在英國成立的文學團體，是現代主義運動重要的一支，主要成員有哲學家 G.L 狄更生、羅素，作家維吉尼亞・吳爾芙、畫家瓦妮莎・貝爾（Vanessa Bell）、評論家羅傑・弗萊（Roger Fry）、小說家 E.M.佛斯特、經濟學家凱恩斯⋯⋯等，主要是圍繞劍橋大學及其學者所形成的一群個知識群體。中國的「新月社」成立的時間約在一九二五年前後，陳源（陳西瀅）辦了政論期刊《現代評論》引起迴響，一九二八年停刊後，繼而創辦了《新月》月刊。新月派的名字源於印度詩人泰戈爾的詩集，通過第三國印度的文學意象來「解構」中—西二元的思維定式，也是早期對「文學主體性」和「後殖民性」、「跨文化多元性」開始有意識思考的先鋒團體。

二　浪漫主義的「布魯姆斯伯里」與「新月派」

「新月派」成員主要是陳源（留學英國）、胡適、梁實秋、徐志摩（留英）、沈從文、蕭乾（留英）、聞一多、饒孟侃等人，其中許多人留英留美，並在北京大學、清華大學任教。

一九四〇年代在英國，「新月社」被認為是「中國的布魯姆斯伯里」。戰地記者、作家蕭乾說：「因為他們為了藝術而藝術，也從不寫宣傳文章⋯⋯主要是受二〇、三〇年代英國作家的影響。」[8]在政治影響下，新月派在中國被斥為「頹廢」的團體，因為他們不關心政治、崇尚自由民主和個人主義、崇尚美學、反對功利主義的文學和生活觀點。這種姿態被解讀為某種政治聲明。如林培瑞（Perry Link）在《文

8　〔美〕帕特莉卡・勞倫斯（Laurence, P.）著，萬江波、韋曉保、陳榮枝譯：《麗莉・布瑞斯珂的中國眼睛》（上海：上海書店出版社，2008年），頁28。

學的用途（*The Uses of Literature*）》中指出的：「在一個高度政治化的氛圍下，故意選擇非政治的藝術道路本身可以被解讀為某種政治聲明。」[9]

　　「布魯姆斯伯里」文化圈在一戰的影響下高舉和平主義的旗幟，和「新月派」在五四運動後、中國民族存亡之際，戮力於文學的國際性對話、「純詩」的美學觀、以及個性化的內心表達，這些都體現這兩個文學團體在審美範式、信念、價值觀和技巧上趨於一致：專注與世界性的感受與表達、投身於跨文化的現代主義、關注女性主義（維吉尼亞・吳爾芙）、具有全球後殖民意識（E.M.佛斯特）等等。也正因為這種世界主義的姿態、純文學的提倡、西化的定位，新月派在三〇年代受到魯迅和創造社成員、「中國左翼作家聯盟」猛烈的攻擊。他們被視為一群受英語文化和文學影響的「紳士」，並被貼上「右翼」、「民族主義者」、「小資」、「反革命」等標籤。左翼作家丁易說：「在北伐戰爭（1926-1927）之前，新月派依附於帝國主義者，否定共產主義，對華北的軍閥搖尾乞憐。北伐戰爭之後，他們又投奔了新主子──蔣介石的反動政府──反對革命文學。」[10]魯迅也發聲諷刺：

> 在我看來，左翼作家很容易變為右翼作家。如果你把自己關在書齋裡不參與社會實際衝突的話，你很容易會變得偏激或極左。但當你發現事實不遂人願的時候，你的理想又很容易破滅……這就是西方人所指的沙龍社會主義者。如果你不理解革命的真實本質的話，你很容易走到右翼。革命是一個苦澀的東

9 〔美〕帕特莉卡・勞倫斯（Laurence, P.）著，萬江波、韋曉保、陳榮枝譯：《麗莉・布瑞斯珂的中國眼睛》（上海：上海書店出版社，2008年），頁29。

10 〔美〕帕特莉卡・勞倫斯（Laurence, P.）著，萬江波、韋曉保、陳榮枝譯：《麗莉・布瑞斯珂的中國眼睛》（上海：上海書店出版社，2008年），頁164。

西，夾雜著汙穢和流血，並不如詩人所想像的那麼可愛。[11]

正如許多人對劍橋「布魯姆斯伯里」圈中人生活在「象牙塔」裡的評價，「新月派」也成了脫離政治和社會責任的群體。而許多指控也並非真實，比如他們從未替蔣介石政府做事，也不曾和南京的報刊有過什麼聯繫。[12]但他們大部分選擇了沉默，並未確認自己的政治派別。他們以一種個性化的、變革式的浪漫主義試圖讓藝術擺脫政治的干擾。儘管這種受到英國現代主義者影響的派別不見容於當時的中國，但八〇年代後歷史對文學價值的重估卻顯出新月派這種浪漫的堅持有其時代的獨特性。泰戈爾曾下了一個中肯的結論：「新月派是中國在社會主義的現實主義和無產階級文學的大趨勢下唯一審慎的觀察。」[13]這些被視為逃避、騎牆的現代主義者們「審慎的觀察」說明新月派作家在浪漫主義下的現代理性，對於中國真正需要的文學未來，並非完全缺乏思考。

學者弗蘭克‧克莫德（Frank Kermode）認為，浪漫主義精神的強烈主觀性對現代藝術是十分重要的，在浪漫主義主要關心意識、主客體關係和強烈經驗方面，現代主義是與之相通的。「當我們在現代主義的問題上追本溯源時，我們越往前追溯，就越有可能在現代主義同十九世紀兩個主要的思想和藝術運動之間的關係方面提出問題：這兩個主要思想和藝術運動就是浪漫主義和實證論的自然主義。有些批評

---

11 〔美〕帕特莉卡‧勞倫斯（Laurence, P.）著，萬江波、韋曉保、陳榮枝譯：《麗莉‧布瑞斯珂的中國眼睛》（上海：上海書店出版社，2008年），頁162。

12 〔美〕帕特莉卡‧勞倫斯（Laurence, P.）著，萬江波、韋曉保、陳榮枝譯：《麗莉‧布瑞斯珂的中國眼睛》（上海：上海書店出版社，2008年），頁166。

13 董保中：〈秩序和形式的追求：新月社及現代中國的文學活動（1928-1935）〉，轉引自〔美〕帕特莉卡‧勞倫斯（Laurence, P.）著，萬江波、韋曉保、陳榮枝譯：《麗莉‧布瑞斯珂的中國眼睛》（上海：上海書店出版社，2008年），頁165。

家把現代主義看作是浪漫主義的復活，雖然它可能是以純理性主義的
更極端、更不自然的形式復活的。」[14]

　　詩評家希利斯・米勒（J. Hillis Miller）說：「一種新的詩歌在我們
時代出現了，它是從浪漫主義中生長出來的，但又超出了浪漫主義的
範圍。」[15]如果有什麼東西能夠區分這些時期，並給他們以智力和歷
史的特徵，那麼這個東西就是極度吸引人的意識逐漸形成的──美學
的、心理學的和歷史的意識。這個意識是在歷史的壓力下、在現代的
推動下出現的；現代帶來了新的不斷發展的希望和熱望，以及心理和
社會的新的潛在力量。這些新表現出來的意識改變了我們的歷史感，
改變了我們對意識的穩定感，把我們引向思想和感情聯繫的新概念。[16]
這種極度吸引人的「現代意識」同樣吸引法國現代主義大師波特萊爾
（Charles Pierre Baudelaire）、艾略特（Thomas Stearns Eliot）、福樓拜
（Gustave Flaubert）、喬伊斯（James Joyce）等人，他們在唯美主義、
形式主義立場上雖然有過搖擺與調整，波特萊爾早期更有依循左派社
會主義的傾向，但後來因為路易・拿破崙（Napoleon Bonaparte）一八
五二年政變成功而理想粉碎，並步入愛倫坡（Edgar Allan Poe）更為唯
美主義的文學主張。[17]

14　〔英〕弗蘭克・克莫德（Frank Kermode）：《浪漫主義意象》（倫敦，1957）和阿爾瓦
　　雷茲：《不上這些當：論文集，1955-1967》（倫敦，1968）。轉引自馬爾坎・布萊德
　　貝里、艾倫・麥克法蘭等編，胡家巒等譯：《現代主義》（上海：上海外語教育出版
　　社，1992年），頁33。

15　〔美〕J. 希利斯・米勒（J. Hillis Miller）：《現實的詩人們》（馬薩諸塞州：劍橋大
　　學，1965年），轉引自馬爾坎・布萊德貝里、艾倫・麥克法蘭等編，胡家巒等譯：
　　《現代主義》（上海：上海外語教育出版社，1992年），頁33。

16　〔美〕帕特莉卡・勞倫斯（Laurence, P.）著，萬江波、韋曉保、陳榮枝譯：《麗
　　莉・布瑞斯珂的中國眼睛》（上海：上海書店出版社，2008年），頁165。

17　〔美〕貝維拉達（Gene H.Bell-Villada）著，陳大道譯：《為藝術而藝術與文學生
　　命》第五章〈現代主義的《國際歌》及市場〉（臺北：知書房出版社，2004年），頁
　　189-191。

　　這些全球現代主義者們在「為藝術而藝術」的信條上一開始總是模稜兩可，因為太容易就落入敵對陣營的批評與責難，在政治立場面前，社會現實總是高於藝術現實。但隨著現代性場域分化的逐步體現，浪漫主義的唯美傾向又重新回到現代藝術場域的舞臺。

　　受五四新文化影響、圍繞北京大學創辦的「新月社」，和受工業革命和一戰影響、圍繞劍橋大學形成的「布魯姆斯伯里」文化圈，這兩個現代主義文學社團的理念對話與彼此的文學翻譯和傳播（當然主要還是英譯中），絕非只是偶然或單一的跨文化事件。且不論中國對全球的現代性進程提供的是正面或反面的貢獻（或兩者皆否），但中國的現代主義思潮確實充滿了各國的「印記」，除了英美，還有法國、日本。民國時期大量出國的留學生，留日的有陳獨秀、魯迅、郁達夫、郭沫若、胡風、李大釗、田漢、劉吶鷗、夏衍等，留英美的有胡適、聞一多、徐志摩、林語堂、梁實秋、錢鍾書、林徽因、冰心、蘇雪林、陳源等，留法的有李金髮、戴望舒、施蟄存等（震旦大學法語預備班，未出國），他們從國外的高等學府、教育機構返國，或藉由學習外語增加與世界思潮的直接溝通，以精英的、知識分子的姿態把現代思想帶回國內，辦刊物、搞社團，讓我們看見現代文化傳播總是流動的、開放的、對話的。

　　以上我們花了一些篇幅梳理了從英國工業革命之後，現代主義美學思潮以及「為藝術而藝術」信條的世界性旅行，再到「布魯姆斯伯里」與「新月派」兩個中西文學團體的交往和聯繫，我之所以提煉出這樣一條「美學分離主義式（巴黎對唯美、形式主義路線的另一種稱呼）」的研究和論述路徑，為的是使我們更清楚地看見，現代主義文藝思潮的本來面貌是從經濟生產方式的改變應運而生的；然而到了一戰爆發至二戰結束之後，現代主義思潮才開始了它與政治場域糾纏不

休的歷史。藝術家們一方面急於描繪工業時代帶給他們的新形式與新感覺，另一方面卻對自身民族傳統的改造和政治經濟體制的選擇，感到前所未有的矛盾與無力感。

當然，這個論述路徑與本文所討論的圍繞臺大的《現代文學》社團，也有千絲萬縷的內在聯繫，並在文化實踐上體現出社團場域的同構性質。除了「為藝術而藝術」的特點，還有圍繞學院所建構的一種「精英」氣質，一種內向的、思辨的，區別於藝術家那種純粹外放的前衛姿態。這是文學現代主義的時空旅行中各民族國家隱秘而流動的「對話」，相互的影響和滲透。從前中心／邊緣式的論點和書寫，確實說明了亞洲現代性消極壓抑的一面，但我也懷疑這種敘述角度在全球政經局面翻轉的當下，還存留多少爭論的實際意義。前哈佛大學教授波吉歐利（Renato Poggioli）曾經提出：「先鋒藝術惟一可存在的體制，從政治的觀點來看是民主自由，從社會經濟觀點來看，是資本主義的中產階級社會。」[18]

威廉學院的貝維拉達（Gene H.Bell-Villada）認為這是一個有潛力的構想，但需要被仔細限制與修正。因為它不僅存於資本主義體制，同樣可擴展到包括那些寬容自由派的社會主義體制。比如威廉王朝時期的德國、哈布斯堡統治時期的維也納、沙皇時代的俄羅斯，雖然他們與民主社會有很大的差距。然而，在最為獨裁的政權底下，任憑是資本主義（如德國納粹、義大利法西斯、拉丁美洲軍事政府），或是社會主義（一九三〇年之後的蘇維埃），事實上都沒有先鋒活動被允許。

為什麼某些政治體制會對先鋒藝術（如果我們將之與現代主義歸為同類）採取否定與拒斥的態度？貝維拉達說的好：

---

18 〔美〕貝維拉達（Gene H.Bell-Villada）著，陳大道譯：《為藝術而藝術與文學生命》第五章〈現代主義的《國際歌》及市場〉（臺北：知書房出版社，2004年），頁178-179。

並不是因為對任何形式上的經驗主義產生恐懼，更可能的是因為先鋒者們對「美學自治權」不屈不撓的強烈欲望，阻擋了獨裁政權完全掌控的意圖；也可能是因為現代主義藝術內容與風格，以及偶爾的情色，連帶使人產生替代官方高級誠信與極度道德標準的幻覺。因為先鋒者有不順從一般個人的或政治習慣的傾向，甚至在道德或性的方面，有時也如此。[19]

波吉歐利與貝維拉達對現代藝術賴以生存的政治環境做出了令人信服的解釋，為我們所要考察的區域亞洲——臺灣文學現代主義的發展與資本主義全球化之間，找出了一條「為藝術而藝術」旅行到亞洲的美學路徑。比如一九五三年，臺灣詩壇以紀弦為首，引進法國現代主義文學思潮，高舉波特萊爾，並創辦了《現代詩》雜誌，是為戰後臺灣文學界「現代派」的始祖。紀弦曾是一九三三年施蟄存創刊的《現代》雜誌的重要詩人之一，又與戴望舒、徐遲等人在上海創辦過《新詩》月刊，是三〇年代上海現代派的重要一員。《現代》雜誌與《新月》雜誌一樣，他們的創刊人、作家、學者如胡適、陳西瀅、林語堂、梁實秋等人，從北京到上海，再輾轉流浪到臺灣，帶著「海派現代」與新月社的「新感覺派」的一線香火，影響著後來臺灣的現代主義文學運動。事實上，考察全球現代主義美學思潮傳播的路徑，以及世界各地現代主義不同文學團體與刊物之間的差異，對理解「現代性」在各民族國家的現代化進程中「如何是個問題」，以及各地的文化民族主義者「怎樣想像和建構新文化傳統」，都有更清晰的認識。

　　此外，我們談論臺灣的文學現代主義時也不可忽略日本殖民時期

---

19 〔美〕貝維拉達（Gene H.Bell-Villada）著，陳大道譯：《為藝術而藝術與文學生命》第五章〈現代主義的《國際歌》及市場〉（臺北：知書房出版社，2004年），頁178-179。

現代主義思潮的傳播。以戰前三〇年代而言，部分臺灣知識分子赴日求學，此時正值日本現代主義思潮發展之階段，當時臺灣作家即受此風潮的影響。如一九三三年，楊熾昌與林永修、張良典、李張瑞等人成立「風車詩社」，是臺灣第一個本土現代主義的詩社，創刊《風車詩志》，提倡超現實主義。[20]一般的觀點認為，臺灣的文學現代主義在戰前、戰後的發展並無必然聯繫。然而，正如卡利涅斯庫（Matei Calinescn）說的，「現代性概念只能在一種特殊的時間意識中被想像，即一種線性的和不可逆的，無可遏制地向前奔湧的歷史性時間。」同樣，現代主義的概念也必需經過一種「線性」和「不可逆的」發展。當我們討論臺灣的文學現代主義，應該鼓勵從更多不同的角度、不同的研究路徑來呈現區域民族對現代文化接受與建構的過程，不僅不能將之與五〇年代以前的臺灣完全割裂，也不能自外於全球性的思潮運動。

三　「符號」美元：對臺經濟與文化象徵資本

沿著波吉歐利和貝維拉達「現代藝術只能存在於資本主義社會體制」的觀點，我們再回來看一九四九年以後臺灣的政治、和社會經濟場域。前面說到國民黨的政治宣傳文學「戰鬥文藝」在政治場域的扶持下，成為五〇年代一道「特殊的風景」，但是這樣的文學內容，並未真正成為融入社會成為一種實踐過程。如威廉斯始終強調，主導文化所依賴的真正的社會過程，是併入（incorporation）的過程，併入的模式有著重要的社會意義。國民黨為了鞏固政權仍一廂情願地灌輸自己的意志並強加於民，然而諷刺的是，一九五〇年六月韓戰爆發，原本停止對蔣政權經濟援助的美國又重新估量西太平洋地帶的政治局

---

20 趙遐秋、呂正惠主編：《臺灣新文學思潮史綱》第六章〈現代主義文學思潮的興起與發展〉（臺北：人間出版社，2002年），頁284。

勢，美國為壓制蘇共勢力的反撲擴張，加上蔣政權對美極力游說尋求
支持和保護，臺灣遂被納入美國在太平洋的協防區域，共同簽訂「中
美共同防禦條約」，直到一九五四年，美國援助臺灣的金額超過十四
億美元。國民黨在臺灣的統治合法性，在此時已經十分明確，「區域
政治」的現實，就是它的政經環境無法自外於全球政經環境的影響，
冷戰時期美國向全球傾銷的自由資本主義政經體制與現代文化，包括
麥卡錫主義[21]（McCarthyism，反蘇意識形態）和福特主義[22]（Fordism
汽車出口加工業經濟模式），藉由現代機構與機制，比如美國在臺新
聞處對本土作家的扶持、美軍電臺流行文化的傳播和經濟上各種貿易
協定，已經漸漸內化於民眾的心理層面和生活層面。

　　一九六〇年創刊的《現代文學》雜誌從第三期開始出現一個有趣
的現象，一本現代主義純文學刊物竟多出了許多工業產品的「廣告
欄」。這些廣告欄目初期的宣傳文字很原始樸素，有的只是印上名片
和地址電話，比如「仲明營造廠經理劉仲明」、「大成工程經理林陳瑞
菊」、「面皮底皮製造開發南安製革廠」；比較講究的有「信用卓著、
服務周到，全省皆可托運，交貨便捷。三興汽車貨運行」、「第一流設
備、第一流聲光、第一流衛生。到永和大戲院看電影，既舒適又便
宜。」、「臺灣水泥股份有限公司。美國 XXX 標準。高樓大廈、公
路、橋梁、水壩混凝土。」、「裕隆汽車製造四門省油小轎車。式樣美
觀、耗油量少。」[23]這代表著臺灣六〇年代正大力培植發展工業，前

---

21 麥卡錫主義（McCarthyism），源自於一九五〇年代美國參議員約瑟夫・雷蒙德・麥
　　卡錫（Joseph Raymond McCarthy），大多是指用大規模的宣傳和不加以區分的指
　　責，特別是沒有足夠證據的指控，造成對人格和名譽的誹謗。

22 福特主義（Fordism）或稱福特制。二十世紀中期以後，隨著大規模生產方式在發達
　　資本主義國家的擴散，發達資本主義呈現出福特主義的典型特徵。

23 摘自《現代文學》第三期（臺北：現代文學雜誌社，1960年），頁101-130；和第四
　　期（臺北：現代文學雜誌社，1961年），頁114。

期資本主義的經濟架構模式已經展現。

　　此時《現代文學》的編輯群也初步有了「文化工業」的意識，對於市場生產運作的規則與紙本印刷廣告的資本交換方式，有非常積極的摸索與嘗試。我們再看一則「文情並茂」並附有圖片的「汽車廣告」：

> 近百年來，凡行動工業發達之國家，均處於領導其他國家之地位。蓋任何一國具有行動工業者，在交通運輸比便利，物資交流暢通，經濟運轉得以加速，國力隨之增強。回顧我國一切落後，百業待興，諸如都市交通尚賴三輪車為主要工具，積弱至深，我們不能坐視國家衰弱而不憤起。不能任其落後與進步之距離日趨遙遠，而至無法挽回之地步，我們必須排除萬難，發展工業，以達成我國之復興……建立汽車工業，是洗刷落後，由貧窮至富強的不二捷徑。本頁所刊兩種車輛──大客車與小轎車，就是國內的產品，在每個人坐著國產自製車輛的時候，就覺得高興和光榮。[24]

這樣流暢的廣告文字想必還是出自《現代文學》編輯群的手筆，在當時可謂十分新鮮而有創意。汽車工業代表美國「福特主義」在全球資本擴張的前沿產業，這一詞最早起源於安東尼奧‧葛蘭西，他使用「福特主義」來描述一種基於美國方式的新的工業生活模式，它是指以市場為導向，以分工和專業化為基礎，以較低產品價格作為競爭手段的剛性生產模式。臺灣無可例外也成為世界資本主義生產工廠的一員。這一點從五〇年代中後期臺灣社會最為流行的兩個口號可以窺見

---

24 摘自《現代文學》第三期（臺北：現代文學雜誌社，1960年），頁130。

端倪，一個是經濟實用主義的「家庭代工」的普及，利用勤勞的家庭主婦作為廉價勞動力來擴充生產力，於是「客廳即工廠」成為當時貧窮的臺灣社會初步追求財富積累的手段。可以說「家庭代工」正是臺灣「經濟奇蹟」的推手，也造就了中產階級現代性（包括文化和審美建構）在臺灣的雛形。另一方面，是民眾對美國教育體制和文化的崇拜，「來來來，來臺大；去去去，去美國。」這句流行俗諺，幾乎是六〇年代家長和青年學子共同的人生規劃和理想。

享譽國際的「雲門舞集」創辦人林懷民十四歲（1961）開始寫小說，二十二歲出版《蟬》。早期發表在《現代文學》的作品，主題大多是青年人受到西方文化影響下，大學生在臺北的生活實況。小說裡充滿存在主義（Eyistentialism）式的思辨氣質，和美國流行次文化的種種符號，「English」在作品裡應用夾雜的情形非常普遍。一九七一年在《現代文學》第四十三期發表的〈辭鄉〉[25]深刻描寫了傳統閩南家庭出身的主人公「陳啟後」（暗喻承先啟後），大學畢業後欲前往美國深造、臨行前回鄉拜別父老鄉親時複雜、留戀又忐忑的心情。

> 哎！也不知那裡風水壞！會讀書，有本事底，攏總插翅去美國。一條新港街仔算算咧，出國底也不只三十個嘍──現在你這個大孫又要走。古早你爸爸去日本也是讀完就回來，那似今日一去不回頭。

> 陳啟後抬抬眼。樹梢上，月亮是福福泰泰的圓，昏黃的。想著不久就要在另一塊大地上看同一個月亮，他笑了。後天要到中山北路買 TWA 由舊金山到芝加哥的機票──芝加哥：薇薇在那

---

25 收錄於林懷民：《蟬》（臺北：印刻文學生活雜誌出版公司，2002年），頁209。原載於《現代文學》第43期（1971年5月）。

裡等著我呢。要趕快學會開車！在美國沒車子簡直寸步難行。聖
誕節我們可以到紐約四叔家過。我們要一起爬到帝國大廈的最
頂層……他望住月亮，心底大聲叫道：美國！我來了！

抽屜像個百寶箱：針線，萬金油，缺皮的《老殘游記》，禿頭
毛筆，橡皮，釦子，《迪克遜英文成語》，稅單，龜裂的雨花臺
墨……什麼都有，除了墨水。最底下一層擠滿了發黃的冊
子……竟是祖父簽發的死亡證明書副本。時間是昭和十三年。
他一頁頁翻過去，心隨紙聲刷刷不安起來——這屋子就是莫名
其妙廢物太多！他衝動地將幾本冊子抱起來，搬到後天井穿堂
廊下，拿打火機燃了。紅豔豔的火舌騰上來，映亮了廊道上乾
枯的燕屎，廊前的相思樹。

主人公「陳啟後」也就是少時林懷民的親身寫照，對傳統的嫌惡和依
戀、對美國的憧憬和嚮往，家鄉的霓虹燈預示現代化的不可逆轉，更
堅定了主人公向外發展的決心。只是故鄉的牛車、中藥鋪、八仙桌和
神龕匾額上的幾個字「培基固本貽謀遠」，都是主人公心裡不可置換
的民族鄉愁。最後他只能再度拎著從臺北南下時就跟著他的「○○七
式」黑色小皮箱離開，把不小心掉地上的老家的鑰匙撿起來，丟進箱
子裡，「啪嗒一聲又將箱子閉合了」。

除了汽車、大廈、○○七這些象徵工商業發達的美國符號，在
《現代文學》第三十七期發表的小說〈蟬〉裡面，林懷民對美國流行
文化如何深入到六○年代大學生的生活裡有更細緻幽微的描述。[26]比
如對美國同性戀明星的仰慕和模仿：

---

26 林懷民：《蟬》（臺北：印刻文學生活雜誌出版公司，2002年），頁109-163。原載於
　《現代文學》第37、38期（1969年3月、7月）。

你們這個房間太乾淨了點，連枕頭套子都乾淨得不對勁兒，還有股香水味……還有壁上那些亞蘭德倫跟安東尼帕金斯的照片──你喜歡他們嗎？我想你不會喜歡。不過，你那 roommate 呢？一個 sister-boy，還是什麼的？

還有對咖啡館、西裝、西餐、洋菸、洋酒等西式文化、語言的日常接受：

> 「莊士桓，你去過『野人』[27]沒有？沒有？Good。」
> 「『藍天』怎麼樣？」中年人微欠著上身問。
> 「別高級了，誰像你西裝筆挺的！」
> 「那到 Rose Grill 吃牛排好嗎？」
> 「算了！那裡的牛排皮鞋底一樣。」
> 「那麼，到諾曼底吃西餐好了。」
> 「Joe 是加州大學的 dropout，現在在美軍。」
> 「『野人』也算得上臺北的一部分文化。上回 Joe 說的，一種 sub……sub──」
> 「subculture。」
> 「你抽的時候，就拼命想我在抽 marijuana，然後你就不住在 expect 什麼事情要發生。」
> 「這種東西，你越 serious，就越是什麼效果也鬧不出來。──太在乎了！」
> 「我們中國人一輩子也沒有法子完全放開自己。五千年文化……有好多 bondage 把你捆得透不過氣來。」

---

27 指臺北的「野人」咖啡館。

其他諸如瓊拜雅（Joan Baez）、披頭四（Beatles）、貓王（Elvis Aron Presley）的音樂，以及一九六七年由奧黛麗赫本（Audrey Hepburn）和艾倫·亞金（Alan Arkin）主演的電影《盲女驚魂記（*Wait Until Dark*）》，都是當時混跡在「明星」咖啡館和「野人」咖啡館裡的年輕人朗朗上口的流行文化語彙，「明星」和「野人」咖啡館也成為大學生課餘最喜歡去的地方。

同為《現代文學》雜誌知名的發表作家，臺大外文系的王禎和與屏東師範的黃春明在五、六〇年代所展現的「符號美國」，語境則更為現實和「殘酷」。有別於林懷民更注重對大學生等青年文化的描寫，他們更聚焦於臺灣社會民眾受美國經濟和文化影響的現實面。他們對語言差異的敏感，使作品中呈現的族群意識和民族情感的矛盾掙扎特別犀利。

王禎和的《玫瑰玫瑰我愛你》[28]發表時間雖然為八〇年代，但是小說描寫的卻是五〇年代以來臺灣社會在各種政治勢力牽制下、語言交雜的生活實況。《玫瑰玫瑰我愛你》描寫越戰期間東部花蓮小城鎮為了接待美軍駐軍過境，「以愛國作為推動臺灣經濟為名」，打算培訓一群會說英語的酒吧女，於是本地的皮條客、妓女、投機分子和小政客把小鎮弄得烏煙瘴氣、笑料百出。小說主人公為臺大外文系出身的知識分子，卻願意獻身提升花蓮酒吧女「國際溝通的能力」。他發明一套品質管制、文化包裝、營運行銷等現代化企業經營的大道理，竟然打算用在吧女身上，作者刻意突顯這一行為的可笑和荒誕。

「美軍就是美金。」
「罵你即是打你去死啊。（My name is Patricia.）」

---

28 王禎和：《玫瑰玫瑰我愛你》（臺北：遠景出版，1984年）。

「at least 有七十五名是黑摸（Homo）。」

就連象徵聖潔的教堂此時也成為作者筆下抵抗美元文化的諷喻戰場、淪為只是登徒子方便懺悔的場所。

> 既有偷犯淫戒的險趣，又有得救重生的喜悅。
> 神愛世人四個大字，每個字都寫得至威至武、萬夫莫敵，彷彿不讓祂愛一下都不行。
> 門拉開往前走個十來公尺，就可以走到設在戶外的廁所……頭一低下，還可以見到滿坑的糞和蠕動不停的白色蛆。

在前現代時期工商環境不甚發達的小城鎮，民眾為了生存，對外來勢力帶來的文化和經濟效應發展出「無條件的接受」和「玩笑反諷」的心態。小說中作者交叉使用了俚俗的普通話、方言粗話、洋涇浜英語、日語，在不同身分階層的人物對話當中不規則地運用，看來接近「瘋狂（狂歡）」，實則接近「現實語境」。學者王德威說：「王禎和雅不欲與『正統』文學寫作模式相唱和，他的語言也跟著肆無忌憚起來，自是順理成章的事。」[29]

　　黃春明在一九七二年發表小說〈蘋果的滋味〉[30]則對符號「美元」象徵的「支配」權力，有更為直白裸露的描寫。小說敘述一個本地工人階級家庭從東部鄉下到臺北發展，主人公江阿發的自行車被美

---

29 正統寫作模式應指對文字優美的講究。王德威：《眾聲喧嘩》（臺北：遠流出版，1988年），頁242。

30 黃春明：〈蘋果的滋味〉，收錄於《兒子的大玩偶》，（臺北：聯合文學出版社，2009年），頁41。侯孝賢、曾壯祥、萬仁曾於一九八三年翻拍成集錦電影，對語言與權力階級的畫面呈現更為寫實。

國大使館的墨綠色「賓」字號長形轎車撞上，摔斷一條腿，一家七口頓時陷入生活困境。美國大使考慮到與臺灣關係的友好，提出豐厚的賠償金，並願意送主人公的啞巴女兒到美國讀書。在整個事件中江阿發與妻子（講閩南語）與外事警察（講普通話）和醫院的修女護士、美國大使（講英語），彼此之間不僅溝通困難，也在在顯示出「語言」和「階級」在臺灣的權力結構。

> 「我爸爸被美國車撞了。」
> 「警察用蹩腳的本地話安慰著，『莫緊啦，免驚啦。』又改用國語向小女孩說，他們把你爸爸送到美國醫院急救去了。」
> 「他們一邊吃三明治，一邊喝汽水，還有說有笑，江阿發一家一向就沒有像此刻這般融洽過。」
> 「哇！阿發，你這輩子躺著吃躺著拉就行了。我們還是老樣子，還得做牛做馬。」
> 「阿桂，回去不可以隨便告訴別人，說我們得到多少錢啊。」

江阿發躺在雪白敞亮的教會醫院裡，雙腿雖然斷了，但他看著一家人開心的吃著「一顆可以換四斤米」的紅蘋果（當時的美國舶來品），想著不愁吃穿的下半輩子，不禁露出「因禍得福」的欣慰和微笑。這也是作者對臺灣卑微小人物處境無奈的哀嘆與苦澀的微笑。黃春明和王禎和在小說中有意識的對語言的「雜糅」使用，代表的是戰後臺灣對啟蒙現代性的一種接受，但同時也是一種文化現代性的解構，即對強勢資本主義和民族性衰落本能的抗拒。後殖民先鋒霍米・巴巴（Homi k. Bhabha）認為，處於後殖民社會中的「純化主體」是不可能的。他倡導一種將異質文化雜糅成一體的「混雜性」（Hybridity）主體策略，藉以消解和反抗殖民社會中西方文化與政治霸權的不平等

關係。學者朱立立則將這種語言「雜化」現象歸結為一種知識分子對文化身分的焦慮，雖然他認為王禎和的語言策略並未展現積極的主體對抗意識。[31]

我認為王禎和與黃春明在小說語言的「混雜性」上所做的嘗試和努力，意欲突顯當時臺灣人「主體性」的目的十分清楚，混雜就是殖民地的本來面貌，殖民社會對主導文化強勢語言的吸納、轉化或調侃，本身就是最積極有效的對抗。但他們的作品在藝術表現形式上則更接近巴赫金（Mikhail Bakhtin）的對話關係（dialogic relationship），強調「眾聲並陳（heteroglossia）」的呈現。小說裡的對話關係有各自的「立場」和立場衍生的「玩笑邏輯」，呈現出臺灣社會實際存在的「戲劇化」與「荒誕性」。巴赫金說：「每一個話語，都具有獨立的主體，也擁有自身的價值。話語之間始終處於一種積極的對話關係中。由此，他人話語（other's discourse）就進入自身話語從而形成超語言學中所謂的雙聲現象。」於是「存在就意味著交際」，存在只有通過外在於我的「他者」才能實現。「對話關係成了人的社會存在的本質特徵」。[32]

縱觀五〇至七〇末年代的現代派作家（包括以現代技巧描寫「鄉土」現實的作家）在語言文體的實驗與呈現上，本身就非常「現代主義」，其文本是以一種「反文化」的姿態出現的，代表「解構權力」和「對抗意識」的積極展現；他們在文化身分焦慮的同時，有意識地突顯他者與差異性。這種在文學主體性上謀求發聲的努力，一直在數

---

31 朱立立：《知識人的精神私史：臺灣現代派小說的一種解讀》（上海：上海三聯書店，2004年）。

32 〔俄〕巴赫金（Mikhail Mikhailovich Bakhtin）著，白春仁等譯：〈陀思妥耶夫斯基的詩學問題〉，《巴赫金全集》（河北：河北教育出版社，1998年），第五卷，頁378。

十年後的今日才能得到公正客觀的評斷，並指出其歷史價值。這個問題在後面的章節還有進一步論證。從上述我們看到六○年代就開始在《現代文學》上嶄露頭角的小說家──林懷民、王禎和、黃春明的作品，揭示了此時的「美國」，作為政治、經濟與文化的「他者」，是如何悄無聲息地就進入臺灣民眾的生活，形成極為諷刺和無奈的景象。臺灣人對美元文化的態度產生了兩極化的反應：一是邊遠鄉村人民的卑屈接受與自我調侃，二是大都市青年人的崇拜嚮往。美國符號等同於現代象徵，也就是說美國所代表的「英語世界」才是當時臺灣社會接受國際現代主義思潮的直接管道，也是文學現代主義「被選擇性」植入臺灣的最終權力支配者。

所以從全球的角度來看臺灣的現代化和現代主義思潮輸入，我們看見世界局勢範圍裡的政治場域無處不在的角力與干涉，無論是封建帝國主義施行的亞洲殖民，或是兩次世界大戰之後美蘇兩大政治經濟體制（或說場域）的「不合作」狀態，都很大程度影響各地區國家民族「文化場域」的發展。這是一個所謂布赫迪厄式的「符號權力社會學」。布赫迪厄的「場域」作為一個「開放的概念」，是以關係性的理論模式來建構的，也就是說，「依據場域進行思考即是關係性地進行思考。」[33]戰後社會主義陣營蘇聯與東歐及亞洲、特別是中國的關係，以及資本主義陣營美國與英、法，及日、韓等亞洲國家的關係，都隱藏著實際的權力或階級象徵性關係。布赫迪厄用「同構性的語言」來解釋階級關係在各種文化場域的影響，在一個場域中的鬥爭會在另外一個場域產生同構的（但不是直接的）影響。[34]政治與經濟力

33　〔美〕戴維·斯沃茨（Swartz, D.）著，陶東風譯：《文化與權力：布赫迪厄的社會學》（上海：上海譯文出版社，2006年），頁138。

34　〔美〕戴維·斯沃茨（Swartz, D.）著，陶東風譯：《文化與權力：布赫迪厄的社會學》（上海：上海譯文出版社，2006年），頁152。

量作為全球大權力場域鬥爭的「資本」，在工業革命之後，迫使各民族國家在維護傳統和現代化之間尋求平衡與文化出路。照布赫迪厄的說法，文化雖然有一定的自主性，但仍舊是服從於政治和經濟場域的，於是各民族各地區大規模的、「同構性」的文化場域鬥爭在戰後隨之展開。

而我們歷史地從威廉斯文化理論的角度來看，現代主義思潮當然也非忽然間產生的一個實踐、意義和價值的核心系統，重要的是需要充分解釋這些實踐和意義的來源。這些來源是更早的社會構成的累積結果。在這種社會建構中，一些真正的意義和價值得以產生。[35]我們在第一章末了討論何為五、六〇年代臺灣社會真正的「主導文化」時，否定了統治階級的宣傳文學——「戰鬥文學」作為主導文化的立場，因為除了政治霸權因素，它並沒有一個長期「併入」社會文化實踐過程的構成因素，所以它在歷史上缺失的正是「一些真正的意義和價值」。反觀「文學現代主義」在全球或區域，它都並非「僅僅是美國霸權」的影響，而是經過工業革命這種人類生活方式真正的改變而誕生的一種新的形式，所以「現代主義美學」足以吸納和轉化所有地區民族的文化傳統和經濟體制，成為三〇年代歐美、日本大都會裡的「主導文化」，甚至是中國「京派」、「海派」的主導文化。從關係性的角度來說，作為亞洲「區域」的臺灣，經過了日據的三〇年代和內戰動亂的四〇年代，到了政治上親美的五、六〇年代，其主導文化也必然是發展中的「現代主義」。[36]

35　Raymond Williams, *Marxism and Literature* (New York: Oxford University Press, 1977), pp. 109-127.

36　一九八五年陳正然的《五〇年代臺灣知識文化運動：文星研究》裡雖未對「主導文化」概念做詳述，但明確提到「碧眼金髮的西方文化再次獲得青睞成為民國五〇年代臺灣社會的主導文化（頁30）」，與本文論證觀點相同。陳正然，臺灣大學社會學系研究所畢業，是九〇年代臺灣網際網路界的先鋒人物。

第三章

知識分子的情感結構：在現代與傳統之間

一　「啟蒙知識分子」在臺北

　　前面兩章我們描述了戰後臺灣社會的後殖民情境、五四的遺緒、白色恐怖和美援經濟所帶來的現代化思潮，可以說一九四九年以後臺灣社會和人民面臨前所未有的複雜情境，各方勢力的碰撞、對抗，加上社會組成結構的多元性，造成語言使用上的「雜糅」，此時臺灣島上不論是民族主體性或是文化主體性，都是極其薄弱而不堪一擊的。為了資產階級（統治階級）權威的確立，也為了傳播有價值的新思想來動員民眾，以建立新的文化傳統並回復民族自信，「啟蒙知識分子」在這樣的關鍵時刻就發揮出它應有的社會功能。

　　當我們談到「知識分子（Intellectual）」，首先想到的是歐洲啟蒙運動那些承擔著前現代社會向現代社會觀念轉變之重任的思想家們，鼓勵「運用一切理性去探索未知」，比如康德（Immanuel Kant）、孟德斯鳩（Montesquieu）、盧梭（J.J. Rousseau）等等。有別於中國傳統概念中「士大夫」、「文人」、「文士」、「史官」等等的稱謂，知識分子的現代功能不僅是為王權治理服務，更大一部分是啟迪民眾「智性」發展的角色。正如法國「百科全書學派」的宗旨一樣，他們自稱為「哲學家」，《百科全書》的定義則指的是「各門科學、藝術和技藝根

據理性制定的詞典」[1]。這種強調理性、智力、和對知識的運用，是現代性極為重要的特徵。但是在今日中文語境，我們經常將作家、讀書人、學者、記者、教師、編輯等等「知識界或文化界」的組成分子與知識分子的概念混用，因為現代知識界的社會身分與職能，也不斷隨著社會功能的需求而有所變動。

《審美現代性批判》[2]一書裡學者周憲提到啟蒙知識分子在其社會角色的扮演過程中，有三個問題不能迴避。一是知識分子與政治和權力的關係，二是知識分子與大眾的關係；三是知識分子與社會運動的關係。而波蘭社會學家鮑曼發現，在資產階級現代國家的確立過程中，啟蒙知識分子扮演極其重要的合法角色，然而隨著資產階級權威的確立，和現代國家的完善，知識分子與國家的關係變得緊張起來。原因有二：一是早期現代國家介入了許多未開發的領域，需要民眾的忠誠，於是不得不依賴於有價值的新思想的傳播來動員民眾。一旦滿足了現代國家的發展需要，知識分子就從等同於「統治階級」的位置，變成統治階級中的「被統治階級（布赫迪厄語）」。二是現代國家通過對話語的政治控制，逐漸使得知識分子「非政治化」了。知識分子在越加制度化的學術和學院機制中求得的自我表達，已經與社會現實及其實踐產生了距離。[3]

傅柯（Michel Foucault）則從「話語結構」的角度來看知識分子與權力的關係。話語生產既影響知識實踐的範圍，又和社會控制有關。因此在一個合理化的社會中，思想和知識的自律性是嚴格受到限制的。於是知識分子在社會中被賦予某種重要的職能，提供專業知

1　本章所指的是「啟蒙和革命的知識分子」。參見周憲：《審美現代性批判》（北京：商務印書館，2005年），頁442。

2　周憲：《審美現代性批判》（北京：商務印書館，2005年），頁444-445。

3　周憲：《審美現代性批判》（北京：商務印書館，2005年），頁446。

識，決策和影響公共輿論；但另一方面，他們的話語又不可避免地與主導或霸權的話語相衝突。[4]從鮑曼和傅柯的闡釋中，我們也可以來檢視和對照啟蒙知識分子在戰後臺灣社會裡最重要的職能和他們與權力場之間的緊張關係。

　　在民族中國的現代境遇裡，知識分子對現代性的嚮往是傳統中國受到一系列挫折的產物。以甲午之恥為標誌，中國知識分子在震驚之餘開始區分老舊的傳統價值與現代之間的界限，有別於西方思維的理性論辯傳統，民國時期的知識分子更習慣、或說更迫切於感性思維的「革命式」改造，希冀登高一呼，思想文化瞬間就改造了。所以五四新文學運動以語言文字的革命作為一系列社會變革的首發，這也使他們空前重視文學的社會功能。自一九○二年梁啟超發表《小說與群治之關係》以來，文學就成為民眾啟蒙的最重要工具，「欲新一國之民，不可不先新一國之小說」，表現出文學向著現代性開放的信念。李澤厚說：「五四作家是把語言和思維聯繫在一起思考的，這使得他們有可能超越一般的文字語言改革專家而直接影響整個民族精神的發展。」[5]

　　然而，五四新文學運動一味的「反傳統」總帶有一種「削足適履」的意味，感性有餘而理性不足，「科學」和「民主」的現代信念尚未建全到制度面，民族性的「情感結構」先受到重創。學者艾森施塔特（Shmuel Noah Eisentadt）認為，在中國的歷史中，社會、文化和政治秩序往往密切的結合成為一個「有機整體」，自古以來所謂的正統的核心思想就是儒家意識型態，也就極為緊密的和中國政治體系的運

4　參見〔法〕米歇爾・傅柯（Michel Foucault）著，謝強、馬月譯：《知識考古學》（北京：生活・讀書・新知三聯書店，1998年）。

5　李澤厚：《中國思想史》（合肥：安徽文藝出版社，1999年），頁868。

作扣連在一起。[6]林毓生認為,當時知識分子相信文化思想的變遷,必須先優於社會、政治與經濟,這種將社會文化視為「一元」和「全體」的傾向,使他們不能區分一切傳統的社會、政治體系,文化象徵、價值規範和信仰之間的關係,而將傳統視為一有機整體,而這種整體觀使知識分子討論傳統或西化的問題時也傾向整體替換,不是全盤西化就是全盤反傳統。學者汪暉就認為五四人物重視人的感性存在和自由創造力勝過對制度實踐和邏輯體系的思考。他說:「民主和科學是揭發混亂、妥協、膚淺的思想模式和生活方式的最基本途徑,是五四態度的功利主義運用,是帶有宗教信仰意味的科學主義和反傳統主義而不是以制度化的實踐和邏輯體系為基礎的民主主義……五四時代的知識分子對理性主義的哲學家並不熱衷,而對叔本華、盧梭、尼采等較為親近,五四人物重視的是人的獨特性的感性存在和自由創造的能力。」[7]

五〇年代出于政治場域的戰鬥文學開始後,臺灣的文藝界產生了三種人:「一是與政策配合的軍中作家們,他們經歷國破家亡後滿懷悲愴的激情,戮力書寫忠勇游擊健兒出生入死的故事;另一種為鄉愁派,由於懷想憶舊的情懷,致力於描寫美麗的大陸河山;最後是鴛鴦蝴蝶派,著力於完美愛情的歌頌,纏綿悱惻是不變的情節。而殖民時期作家,因文字語言和認知上的障礙,此時他們大多銷聲匿跡,潛心於反省思考。」[8]在這樣的背景下,出現了以青年一輩為主的知識分子

---

6 S.N. Eisenstadt, *Tradition, Change, and Modernity* (New York: John Wiley & Sons, 1973). 轉引自陳正然:《五〇年代臺灣知識文化運動:文星研究》(臺北:臺灣大學社會學系研究所論文,1985年)。

7 汪暉:〈中國現代歷史中的啟蒙運動〉,載自《汪暉自選集》,廣西師範大學出版,1997年),頁316-321。

8 陳正然:《五〇年代臺灣知識文化運動:文星研究》(臺北:臺灣大學社會學系研究所論文,1985年),頁35。

「文化革命」與「文藝復興」運動，他們揭竿而起，冀望推動另一次屬於中國文化的春天。五〇年代臺灣社會的知識文化運動最先是從「現代詩」論戰開始，到「中西文化論戰」為止。這兩次大規模的知識文化界論戰，都與當時一群「啟蒙知識分子」聚集的《文星》雜誌有關。一九五七年《文星》雜誌創刊，標榜「文學的、藝術的、生活的」雜誌，兩年後因認定「人生是受知識指導的」，改以「思想的探討為重要的編輯方針」，為了啟發進步的思想，《文星》開始了它的轉型期。《文星》雜誌的編輯群有何凡（本名夏承楹）、林海音、陳立峰、李敖、陸嘯釗等人。此間，新詩及詩論部分是由余光中及藍星詩社予以協助的。

　　我認為《文星》時期的文化運動和「五四」文化運動精神有極為類似之處，其一是兩者都是以知識分子為主的社會運動，其二兩者的成員多半是年輕且接受過相當西方文化洗禮的留學生知識分子，其中有文藝作家、大學生和學院中人。大學生和教授尤為主力之一。從民國時期以來，大學中大量採用外國的著作與訊息，這使他們與中國固有文化日漸疏遠，而腳跨兩種文化的邊際性格和普遍關切中國存亡的社會意識，使得知識分子對西方文化日益傾慕，對中國傳統採取反省批判的態度。其三，兩者都發端於資訊交流快速豐富的發展城市。但我們不能說《文星》時期的文化運動是「五四」文化運動的直接繼承，除了時空人物的變遷，更重要的是《文星》時期的文化運動已經更加理性，文化層面的討論並未直接或間接地釀成罷課、罷市、示威遊行等政治性的活動。並且，在不同階段的論戰中，大眾思想的轉化，已將諸多理論層面的架空探討，轉向實踐層面的討論並逐步細化，這種文學傳媒界引發的思想討論與改革，直到一九六六年以後直

接碰觸了政治問題才宣告「陣亡」。[9]

二　文藝復興與中西文化論戰

　　前面說到五〇年代臺灣社會的知識文化運動最先是從「現代詩」論戰開始。關於現代詩的論戰首先是來自「新詩」陣營之外，一九五九年由作家言曦開始攻擊新詩的「無法吟誦、聱牙艱澀、與廣大讀者脫節」。一時間，新詩創作者紛起辯護，《文星》雜誌更是提供篇幅作論戰之用，將一九六〇年第二十七期闢為「詩的問題研究專號」。當時的情境錢歌川描寫道：「近來在這所謂文化沙漠的文藝界，報章雜誌上討論新詩問題，鬧得滿城風雨。」而新詩陣營內也硝煙四起，同年新詩界領袖人物覃子豪發表〈新詩向何處去？〉說明新詩的反傳統需要以時代和文化作為背景。[10]其針對海派詩人紀弦高舉新詩「橫的移植」，抨擊他服膺波特萊爾的現代精神為拾人牙慧。彼時論戰的結論，讓新詩界釐清了與傳統的關係。余光中說：「新詩成為古典詩與五四的新詩之後的必然。」至此新詩確立了，無論在思想基礎、美學觀點、創作技巧或語言實驗上，都如覃子豪所說：「確以外來影響為其主要因素，而和中國一切舊詩的傳統甚少血緣。」[11]

　　新詩論戰之後，《文星》作家們同時開始對政治文學厭惡和反

9　《文星》雜誌初期發行量約為四千冊，到了第六年每期發行量約為一萬冊，第五十三期《紀念胡適專號》達到二萬冊。在當時出版界屬佼佼者。這還不包括雜誌屬性的傳閱人次。參考陳正然：《五〇年代臺灣知識文化運動：文星研究》（臺北：臺灣大學社會學系研究所論文，1985年），頁81。

10　當時執詩壇牛耳的三大詩社分別是以紀弦、鄭愁予、楚戈等八十三人組成的「現代詩社」，覃子豪、余光中的「藍星詩社」，還有左營的「創世紀詩社」，以洛夫、張默、瘂弦為主。

11　陳正然：《五〇年代臺灣知識文化運動：文星研究》（臺北：臺灣大學社會學系研究所論文，1985年），頁50。

動，進而要求「下五四的半旗」，認為「五四最大的成就是語言的解放，並不是藝術的革新」。於是要求作品要能抓住我們這一時代的特質，透過日常生活的描繪來作移風易俗，啟發意識、建立更高精神層次的社會任務；此外，更將五四運動缺席的藝術運動包含在內，由張隆延編輯藝術欣賞專欄，介紹西洋新潮藝術創作、理論、評介。與此同時，前衛畫派也紛紛在臺灣成立，如「五月畫派」的劉國松、廖繼春、莊喆等人，和有八大響馬之稱的「東方畫會」蕭勤等。各文藝類別如臺灣的現代小說、現代藝術、現代音樂等新興的力量彙聚成一股龐大的勢力，留學巴黎研究音樂的許常惠，和「五月畫會」成員及《現代文學》的詩人余光中、羅門、辛鬱結交為好友，冀望文學、音樂和繪畫能相呼應蔚成一股新文化運動的潮流。藝術評論家林惺嶽曾寫道：「此一際會，使余光中感到反傳統的文藝人馬已經完成三路會師，而興致勃勃地高舉迎接『中國文藝復興』的大旗。[12]」

正當藝文界「現代派」的新文化工作者努力以作品、理論構建新文藝場域的時候，以李敖、居浩然、許登源、洪成完、陳妙惠、何秀煌、陳鼓應等等一批「殷海光的好友與學生」為核心的「二代哲學家」知識分子倏然加入論戰行列，新文化運動自一九五七年以來在臺灣正式進入關鍵時刻。「全國的知識青年都期盼《文星》全力支持『第二個五四』的來臨。[13]」上一章我們特別談到「美援文化」在韓戰之後對臺灣社會的全面影響，而臺灣自一九五三年開始實施長期的經濟建設計劃，社會結構事實上已經開始鬆動，在五〇年代末邁入農業和工商社會的轉型階段。在大量引入西方資本、科技、專業技術人

---

12 林惺嶽：〈臺灣美術運動史〉，摘自《雄獅美術》第1-5期（臺北：雄獅圖書公司，1985年）。

13 余光中：《逍遙游》（臺北：文星書店，1965年），頁9。

員的同時，西方文化思潮也強烈地衝擊臺灣原本的社會文化結構。當時徘徊在傳統與現代十字路口的臺灣知識分子，早就希望在思想上做一個解決，所以圍繞在《文星》時期的「中西文化論戰」只能說是應運而生。這次中西文化論戰序幕由發表在《文星》第四十九期上署名李敖的一篇文章《老年人與棒子》揭開，將中西文化的老問題重新提了出來。緊接著第五十期發表了胡適的一篇英文演說〈科學發展所需要的社會改革〉。文中以「魔鬼的辯護士」自居，要說幾句不中聽的話：「現在正是我們東方人應該開始承認那些老文明中，很少精神價值或完全沒有價值的時候了……我們也許必須經過某種智識上的變化或革命。」[14]此文一出，觸怒徐復觀等一波傳統派人士，紛紛撰文駁斥並指責胡適。

　　《文星》的年輕知識分子在這次論戰中，全面地對中國傳統思想、文化和制度攻訐，凡國字當頭的，國學、國畫、國醫、國樂……等，都在聲討行列。在過程中，則奉胡適為統帥，成為臺灣「第二個五四」的精神領袖。《文星》第五十一期〈播種者胡適〉一文中，李敖宣稱：「我們現在是文化沙漠，胡適的重要在於他能運用他的遠見、聲望與親和力，為沙漠打幾口井。」同時期撰文或翻譯西方思想的由臺大哲學系許登源、陳鼓應等人加入；余光中、劉國松等也不斷發表宣揚現代文藝的文字。學者許狄說：「青年的和主張全盤西化的一輩，已占盡了上風，同時也顯示當時的青年朋友才氣和膽氣勝過老一輩。」[15]另一方面，傳統保守派則極力為固有文化思想辯護，他們是大陸渡臺文人徐復觀、胡秋原、熊十力、牟宗三、梁漱溟、陳立夫、唐君毅、張君勱、錢穆等人。

---

14 胡適：〈科學發展所需要的社會改革〉，《文星》第50期（臺北：文星雜誌社，1962年），頁5-6。

15 許狄：《文星‧問題‧人物》（臺北：龍門書局，1966年），頁59-60。

　　「中西文化論戰」以臺大哲學系為大本營，加上外文、歷史、數學系一些大學生的參與，這些新一代現代派知識分子，推派胡適和殷海光為領袖，與傳統派知識分子在《文星》雜誌的筆戰，可以說自此打開臺灣社會「全盤西化」的先河。雖然號稱領袖的胡適和殷海光本人對這場論戰皆沉默以對。其實所謂在臺灣的「第二次五四啟蒙運動」，與一九一六年的大陸的「五四」新文化運動，我認為最大的不同點在於，知識分子提倡的「科學、民主、理性」，已經跳脫出理論思辨的階段，而將重心擺在制度與實踐的轉換和安置問題上。而藉著《文星》雜誌對現代思潮的長期傳播與輸入，知識分子對民眾的啟蒙也更加深入和實際，使一些大家共同接受的價值和理念、典章和制度，得以落實到社會群體當中。[16]

　　而當年傳統派知識分子當時的民族捍衛立場，如今看來也並非完全失敗。現代派對西方思潮與文化採取一種「橫的移植」的姿態，全面加以吸收與追趕；傳統派則提倡「縱的繼承」，主張中國五千年來「文化道統傳承」之必要，以致於有了「中學為體，西學為用」的變法。雖然五〇年代臺灣社會實際上已經無法再走回頭路，全球資本主義體系藉著美國勢力的增長而陸續擴展到亞洲區域，經濟和文化場域皆正面迎接擁抱現代化的進程；傳統派所宣稱的儒家道統和核心價值在臺灣社會群體中間也已淪為邊陲，然而因著統治階級鞏固其合法性的必要，必須在美國和中國之間尋求政治場域上的博弈空間，於是一邊與傳統派聯手，互相賦予合法性，在所有教育體系和社會機構裡保留了很大部分傳統文化的基礎傳授與教學。這使臺灣後來在邁向現代化的過程中，「民族的情感結構」受到了一定程度的保護，將民族新文化傳統在轉換與重構中必定帶來的震盪減至最低。可惜的是，無論

16 陳正然：《五〇年代臺灣知識文化運動：文星研究》（臺北：臺灣大學社會學系研究所論文，1985年），頁132-133。

是堅持西化或堅持傳統的知識分子，一旦有礙於統治階級的合法性，最後仍然要面對與政治權力場域的決裂。

　　回顧五〇年代臺灣的社會結構，正好處在「後殖民日本化＋文化支配中國化＋經濟美國化」的交界點上。一九四九年以後擁擠在臺灣的三大類人──跟隨國民黨的外省人、本地人（含本省閩南人、客家人）、原住民（少數民族），在「身分認同」與「文化民族想像」的問題上，始終有剪不斷理還亂的歸屬問題。在語言方面，學者班納迪克・安德森（Benedict Anderson）認為，「語言往往因其起源不易考證，容易使民族想像產生一種古老而『自然』的力量。」[17]可惜語言這種「古老而自然」的力量並不適用於彙聚在島上的統治者與被統治者，進而帶來「共同體」或「家」的想像。因為根源上屬於民族的「漢語」在臺灣已被前殖民統治者侵入破壞了。於是，一方代表中國中原道統的統治階級，一方是飽受異族凌辱、期待回家的漢民族遺腹子，雙方皆各自帶著各自對「國族」的創傷經驗和重建想像，在五〇年代標誌著語言雜糅混亂的「區域臺灣」不期而遇，兩下「黑眼睛黑頭髮黃皮膚」──卻彼此都是陌生人，沒有人擁有全部的故鄉，無論是地理上的，還是語言上的。所以五〇年代臺灣這種「無家可歸」的氣氛與情感結構，不僅僅遙指故鄉，還是一種深層心理和意識上的「民族精神失落」，更是語言和文化上時間和空間的雙重斷裂。

　　人們經常將戰後第二代青年知識分子內心的疏離和西方的「垮掉派」相提並論。二戰後人道精神的失落、以及頹廢情緒大規模的世界性擴散，產生了文化意義上的「垮世代（Beat Generation）」。他們不再服膺傳統的價值和人生意義，反對政府權威、反對工業文明、反對

17　〔美〕班納迪克・安德森（Benedict Anderson）著，吳叡人譯：《想像的共同體》（上海：上海人民出版社，2011年），頁13。

道德思想，追求自由，甚至崇拜享樂與極端體驗，並視此為經驗的真理。

　　但反觀戰後彙聚臺灣的年輕一代知識分子，在舊的社會秩序崩解、新的社會秩序尚未建立之時，在民族語言、文化、思想、生活都遭受巨大撕裂與碰撞的時候，他們其實並沒有什麼「具體之物」可以衝撞或反叛的，惟一要衝撞和反叛只能是跟隨我們數千年的「傳統」和體制。這是與西方垮世代非常不同的一點。

　　知識分子在臺灣所陷入的困境不是對生活本身失去信念，而是對「民族／中國共同體」裂解的夢碎，用安德森的話說，是集體認同的「認知（cognitive）」面向破滅，是一種社會心理學上的「社會事實」的破滅。[18]這種具有封建帝國主義壓迫背景的「後殖民」與民族中國在社會主義和資本主義路線分歧的「後民族主義」背景，形成巨大的「情感與意識形態」困境，捆鎖了這一代的年輕人，這也是六〇年代之後創辦《現代文學》雜誌這一代[19]，無可推諉、沒有後路，而必須以「行動者」的姿態對「中國文學到底如何是『現代的和民族的』」，做出具體的時代回應和文化建構的時刻。

---

18 〔美〕班納迪克・安德森（Benedict Anderson）著，吳叡人譯：《想像的共同體》（上海：上海人民出版社，2011年），頁9。

19 除了掀起臺灣文化狂飆運動的《文星》雜誌，五〇年代開始投身新文化運動的各方力量都應該得到重視。包括創辦《筆匯》、《文學季刊》、《笠詩刊》、《藍星》等刊物的一代知識青年。參考陳正然：《五〇年代臺灣知識文化運動：文星研究》（臺北：臺灣大學社會學系研究所論文，1985年），頁44，注⑤。

中　篇
文學現代主義
——場域實踐與再生產

第四章
精英場域的革命

一　知識場域：「有限的」文化生產

上篇我們談到戰後臺灣面臨的全球政治環境、美國在經濟體制和文化思潮上對亞洲區域的輸入和影響，以及啟蒙知識分子在傳統和現代之間、民族情感和身分認同之間複雜矛盾的心理衝擊和社會改革的覺醒意識。本篇我們就要借用布赫迪厄的場域理論之眼，更深刻地來看六〇年代臺灣新一代知識分子在「第二次五四運動」後「全盤西化」的呼聲中，如何進行他們「文學現代主義」的場域實踐。

六〇年代臺灣「文學現代主義」的場域實踐，事實上主要是一種對文學「從他律到自律」的文化符號抗爭。「文學現代主義」所要鬥爭的對象，正是政治場域文學霸權──系列性的「戰鬥文藝」，和與其聯手共謀的支配話語權威──「傳統儒學知識界」。之前我們從理論和歷史文獻的角度初步論證，五〇至六〇年代臺灣的實際的「主導文化」是國際性的現代主義文學思潮，並間接由「美國路徑」進口輸入並藉由資本體制進行交換和文化轉譯；我們也看到新一代知識分子在《文星》雜誌上發動的關於「中西文化路線」的知識界論戰，但是在實際的「文化符號」權力場域鬥爭過程中，卻不是一場論戰和一個「美援象徵」就足以完成「文化自主」的革命的。

就現有的資料看，五〇年代知識界在臺灣創刊的文藝雜誌就多達八十一種，較為知名且有影響力的詩刊有《現代詩》、《藍星》、《創世

紀》等，嚴肅性或綜合性文學雜誌代表的有《筆匯》、《文星》、《文學雜誌》、《幼獅文藝》、《皇冠雜誌》等等。而在六○年代創刊的則有五十三種，重要的有《現代文學》、《作品》、《傳記文學》、《葡萄園》、《臺灣文藝》、《笠》詩刊、《文學季刊》、《純文學》等。[1]如同威廉斯所說的，我們無法忽略主導文化在社會併入和吸納過程中那些「活生生的經驗」，而這些活生生的經驗需要現實的社會場域來作範圍和界定。臺灣社會在五○年代後期到六○代末，正是藉由這些前仆後繼的文學刊物，扮演傳播、記錄與再生產的角色，將社會現實的經驗與人心歸向的轉變透過文字印刷媒體，形成一個「言說空間」、一個可理解的公共領域。

這個言說空間的重要性，學者查爾斯・泰勒（Charles Taylor）說過，從前現代到現代之過渡，是背景理解和社會想像的轉化，而不只是理念上的轉變。理念只能界說規範及合法性，但不能造成社會實踐的政治形式和新的社會形式；新的社會形式還要人們能夠運作出共同行動的模式。我們若要理解現代的過渡，得先處理關於「現代」的背景理解及社會想像的部分，時間意識的俗化重組了人與社會的關係，也締結新的行動空間。[2]於是在各種文學雜誌圍繞形成的行動場域和空間裡，不同的行動者在臺灣所提出的關於「文學現代主義」的主張，就逐步形成一個社會實踐的政治形式，或說一個具有革命性質的運動，其足以影響政治場域而達到「文化自主」的實現。

當談到文學雜誌所形成的批判空間時，我們也許需要應用更加細緻專業的「場域分析」概念來制定一個論述焦點。「場域」是布赫迪

---

1 陳憲仁：〈急待整理的臺灣文學雜誌史料：對《文訊》雜誌社「臺灣文學雜誌專號」及《臺灣文學雜誌展覽目錄》的觀察〉，發表於「海峽兩岸臺灣文學史研討會」（廈門：廈門大學臺灣研究中心，2005年10月），頁52。

2 〔加〕查爾斯・泰勒（Charles Taylor）：〈現代性與公共領域的興起〉，參考廖炳惠：《回顧現代文化想像》（臺北：時報文化出版企業公司，1995年），頁65。

厄社會學中的一個關鍵的空間隱喻。戴維・斯沃茨在《文化與權力》一書中指稱，場域是指商品、服務、知識或社會地位以及競爭位置的生產、流通與挪用的領域。行動者在為了積累、壟斷不同的資本類型而展開的鬥爭中進行這種生產、挪用與流通。所以場域可被視作是一個圍繞「特定的資本類型或資本組合」而組織的結構化空間。[3]

　　按布氏的概念來闡釋和延伸，在本文所要討論的「文學現代主義」的場域實踐裡，我們以《現代文學》雜誌作為臺灣文化場域中的一個核心場域，其它標榜「文學現代主義」的刊物（包括精英文學和通俗文學）作為場域中的星叢，它們也同時構成文化場域的一部分而在其中形成競爭的關係與張力。這個所謂的「場域」，即是以「印刷媒體空間作為實踐的場所」而組織的結構化空間。這個空間裡的「特定的資本類型或資本組合」，在本章中就是指涉「現代主義」的符號資本與場域之間所競爭的文學話語權。換句話說，在「文學現代主義」場域裡的資本鬥爭，及其行動者在場域位置裡「文化身分象徵利益」的爭奪，競爭的就是「到底誰最現代？誰更現代？」的代表性問題。所以「文學現代主義」作為思潮、知識、方法或文學商品，是需要經過不同行動者在其社會位置上的挪用、流通、再生產，才能進一步確立此一文化場域的主導位置。

　　在這個文化場域裡，布赫迪厄又區分了「知識場域」來指稱符號的生產者，如藝術家、作家及學術界，爭奪符號資本的機構母體、組織母體以及市場母體等。[4]這個區分在我們研究六〇年代「文學現代主義」的場域實踐時，所要面對的關於「精英（嚴肅）文學」和「大

3　〔美〕戴維・斯沃茨（Swartz, D.）著，陶東風譯：《文化與權力：布赫迪厄的社會學》（上海：上海譯文出版社，2006年），頁136。

4　〔美〕戴維・斯沃茨（Swartz, D.）著，陶東風譯：《文化與權力：布赫迪厄的社會學》（上海：上海譯文出版社，2006年），頁137。

眾（通俗）文學」的問題上，是非常清楚而有意義的。精英文學的先鋒性使它們本身的行動得以清楚的辨識，但是大眾文學因其和資產階級文學趣味的普遍迎合，以及對統治階級和商品市場的雙重考量，我們就很難看出它們在「文學現代主義」的鬥爭場域上有明確的貢獻。但是，大眾文學（如《皇冠》雜誌與瓊瑤小說）作為現代性文化工業生產的一部分，它在機制化的文學商品生產與文化再製流程中又是極為「現代」的，在臺灣現代文學／文化場域的關係光譜中，其位置也具有一定的重要性。

若我們將問題意識再集中，僅限於「文學現代主義」到底是如何作為文化場域中的「文化資本與符號生產」，來對抗來自政治場域的話語霸權干擾，以達成現代性社會分化中的「藝術自主」？或者用貝維拉達的話說擁有「文學自治權」，以爭取一個時代的話語權、爭取臺灣新文化傳統的建構權時，那麼，布赫迪厄帶有精英性質的概念「知識場域」，就使我們能夠比較恰當的回答上面的問題。

布赫迪厄說，知識場域是指特定的機構和市場的策源地，藝術家、作家、研究者以及學者們競爭有價值的資源以獲得對其文學藝術創造以及學術或科學研究工作的「合法性的承認」，而理論、方法與概念是爭奪知識承認的鬥爭武器。對他們的選擇，不管是否有意識，都是受制於「對差別的追求」。在這個場域遊戲中，至關重要的是贏得文化的合法性或對於符號商品的合法的生產、再生產和操縱的壟斷以及相關的合法權力。這樣，知識分子是以把自己在文化場域中的影響最大化為目的的策略家。知識分子與社會階級的關係因而是受到「知識場域的策略」調節的。[5]

---

5 〔美〕戴維・斯沃茨（Swartz, D.）著，陶東風譯：《文化與權力：布赫迪厄的社會學》（上海：上海譯文出版社，2006年），頁257-258，注④。

　　為了進入六○年代臺灣文化場域實際的動態運作與歷史現象，以上對布赫迪厄的場域分析理論，特別是在文化場域和知識場域的區分上，做了一些必要的辨析，然而如同布赫迪厄對場域概念運用時「邊界」的模糊性，我們在這裡使用文化場域、文學場域和知識場域時，也偶有混用的情形。在布氏的另一本著作《文化生產的場域》裡，他提了兩個概念：一個是「有限的生產場」，另一個是「大規模的生產場」。「有限的生產場」就是我們通常說的高雅藝術，而「大規模生產場」則是指大眾文化。前者是為了其生產者（藝術家）而產生的，這是通過割斷與一般公眾的聯繫而實現的；而後者則是屈從於種種外部要求，生產者屈從於生產與傳播的控制者，因此它完全服從於征服市場的競爭要求。[6]本章所稱的「知識場域」就含有指涉精英文化、嚴肅文學的特殊含義。

　　在對知識場域的分析裡，布赫迪厄還提供了對文化市場與現代知識分子興起的結構性闡釋。他特別指出，隨著「專門化的文化生產者團體」的出現，也出現了與之並行的一個文化場域，在此領域中，符號商品的生產、流通與消費變得越來越獨立於經濟、政治、宗教。隨著文化場域獲得自主性，行動者所採取的「知識立場」漸漸變成由行動者在這些場域內部所占據的位置的一個「功能」。[7]這也讓我們瞭解「知識立場」的功能性特質，不同的立場在場域內部可以形成不同的功能，以區別並占據「一個位置」。由於知識分子的態度和行為不能簡化為階級立場，但也不是獨立於社會結構的，所以布赫迪厄這樣強調：「所有知識分子首先都是通過以下事實得到界定的：他們在知識的

6　Pierre Bourdieu: *The Field of Cultural Production* (Cambridge: Polity, 1992), pp. 115,125.

7　「文化場域的結構特徵是具有歷史偶然性的。是歷史的與社會的條件使得一種知識場域的出現成為可能，同時也界定著對於這個場域狀況的研究的有效性限度。」參考〔美〕戴維・斯沃茨（Swartz, D.）著，陶東風譯：《文化與權力：布赫迪厄的社會學》（上海：上海譯文出版社，2006年），頁258，注①。

場域中占據決定性的地位。」[8]下一節裡我們將討論的就是「文學現代主義」場域中,知識分子如何運用自身的文化象徵資本在「有限的生產場」裡占據有利的位置,並瞭解在此一過程中他們對世界性「文學現代主義」的選擇、傳播、符號的挪用與內化後的文學再生產。

二 五〇～六〇年代的話語空間和文學雜誌生產

文藝雜誌與臺灣文學的發展密切相關,當文藝創作、報導、評論等以雜誌作為載體時,勢必受制或受惠於雜誌的傳媒特性。學者李瑞騰曾提出「文藝雜誌學」概念,也就是文藝與雜誌各自成學,文藝是一個領域,雜誌亦是一個領域。他認為雜誌作為一個傳媒,有其生產、製作、發行等過程,其中有屬於雜誌的通性部分,也有屬於文藝雜誌的特殊性部分。通性部分屬於雜誌編輯學、經營學;文藝性部分,則是有別於其他雜誌的編輯考量,著重促進文藝發展、提供作家發表園地、記錄作家動態等,並因應時代變化,對文藝現象做出歷史性的分析和評價。[9]因著臺灣學界和文藝界的需要,二〇〇三年李瑞騰與《文訊》雜誌社策劃了「臺灣文學雜誌專號」,並舉辦「臺灣文學雜誌展覽」,全面地整理了大量從日據時期到今日的文學雜誌史料。

在「臺灣文學雜誌專號」裡,學者專家們為百年來生根於臺灣的文藝雜誌做了詳盡介紹、分期與分類。在〈五〇年代文藝雜誌概況〉一文裡,作者依各雜誌的性質背景,將文藝雜誌分為三大類。[10]然而

8　〔美〕戴維·斯沃茨(Swartz, D.)著,陶東風譯:《文化與權力:布赫迪厄的社會學》(上海:上海譯文出版社,2006年),頁256。

9　李瑞騰:〈文藝雜誌學導論〉,摘自《文訊》雜誌之「臺灣文學雜誌專號」第213期(臺北:文訊雜誌社,2003年7月),頁6。

10　參見應鳳凰:〈五〇年代文藝雜誌概況〉,摘自《文訊》雜誌之「臺灣文學雜誌專號」第213期(臺北:文訊雜誌社,2003年7月),頁29-30。

考慮到威廉斯的「系統文化論」和布赫迪厄的場域複雜性，我認為在
「文學現代主義思潮」的大背景下，要理解文藝雜誌如何「從他律原
則走向自律原則」的動態過程，五〇至六〇年代的文藝雜誌可以放在
一起討論。在前人的分類基礎上，我增添了兩大類，一共五大類，在
圖表示意中可以比較清楚看見場域內和場域之間的張力關係。[11]這五
大類分別是：

　　一、官方文藝雜誌。多半由黨政軍等政府機構提供經費，或其創
刊宗旨為配合政府推行政令的宣傳文學。如《軍中文藝》、《幼獅文
藝》，和前期的《創世紀》等。

　　二、學院派文藝雜誌。由學術界及其關係網尋找經費及人員，內
容較具理想性，重視典律，主張兼顧古典與現代，創作上講究前衛與
創新，如《文學雜誌》、《現代文學》等。

　　三、大眾文藝類雜誌。照顧大眾文學趣味，訴諸消費市場，對文
藝教育有所貢獻，卻有明顯商業機制的特點。如《皇冠雜誌》、《婦
友》等。

　　四、文化知識界文藝雜誌。不一定出身學院或有學術背景，但具
有知識分子特點，有強烈使命感，傳播新潮思想，在主張現代的基礎
上有所變革。如《現代詩》、《文星》、《文學季刊》等。

　　五、另類文藝雜誌。在當時的場域屬於另類，成為邊緣的一股潛
流，但有其擁護勢力和現實關懷。企業或特定團體內部影響力較大的
文藝刊物也屬此類。如《臺灣文藝》、《笠》、《野風》等。

　　布赫迪厄以撞球場和撞球遊戲作比喻，描述知識場域像一個磁
場，由一個權力的軌跡體系組成。換言之，建構性的行動者或行動者
系統，可以被描述為眾多的力量，這些力量通過其存在、對抗或者組

---

11 如下頁圖一。

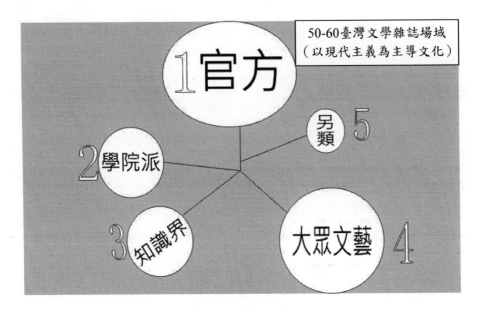

圖一　場域示意圖

合，決定其在特定時代特定時刻的特定結構。反過來，每個行動者都通過其在場域中的特定位置得到界定，它的位置性特徵（positional properties）就是從這個場域獲得的，因而不能被等同於其內在特徵。也就是說，在我們考察場域和行動者時要注意每個位置的改變或移動都不是單獨的作為，都與這樣那樣的「場域關係」有連結或對抗，「關係性」的考察使我們能維持一種動態的分析。[12]

從圖一我們大致可以瞭解在「文學現代主義」大文化場域下，可以併入和吸納的各種小文學場域，而這些小文學場域事實上代表著一個個「差異」主張的「行動者文學團體」或圍繞一本文學刊物而形成的文學組織或機構。官方話語霸權雖然有一定的支配性，但畢竟是短

---

12 〔美〕戴維・斯沃茨（Swartz, D.）著，陶東風譯：《文化與權力：布赫迪厄的社會學》（上海：上海譯文出版社，2006年），頁143。

暫且自定義的。圖中的第二、三、四、五類場域各自形成自己的系統
和派別，以「現代」的不同面向為旗幟爭取自身的文化合法性，隨時
準備取代第一類統治階級在文學場域的話語權力。到了六○、七○年
代，臺灣文學場域裡的各個行動位置又有了改變，學院現代主義文學
雜誌成為主流，官方文學霸權逐漸退位，取而代之的是另類文學雜誌
興起（如鄉土文學代表《文學季刊》）。我們再以圖二說明文學場域權
力位置變遷的說明。

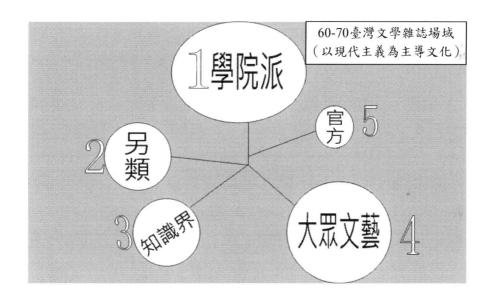

圖二　場域示意圖

三　精英文學場域的革命：新詩與知識分子的位置

　　接下來我們要深入探討精英文學場域，特別是「純詩」場域和
「純小說」場域的權力符號鬥爭。在前面第三章曾經提到五○年代臺
灣社會的知識文化運動最先是從「現代詩」論戰開始，然後持續到

「中西文化論戰」結束為止。這場發生在臺灣的文藝復興運動最主要的訴求可以歸納為三點，第一就是反對八股教條文學，也就是反對古典的文言創作傳統。第二就是反對政治宣傳文學，尋求文藝自主。第三就是提倡文學需要「橫的移植」，全盤西化。這場由新詩界發動，延燒到哲學界、小說界、繪畫界、音樂界的文藝革命，自始至終就帶有「精英色彩」，參與的人若非當時學院中人，就是剛從歐美或日本留學回來的作家和藝術家。一九四九年來到臺灣的二百五十多萬人中很大部分是文人，比較有成就的詩人有紀弦、覃子豪、李莎、鍾雷、羊令野等，也有剛剛嶄露頭角的青年詩人余光中、鄭愁予、洛夫、瘂弦、商禽等。臺灣的詩社詩壇從五〇年代開始就十分活躍，到一九六一年之前至少就發生過三次以上大小不等的新詩論戰。一直到七〇年代初評論家關傑明發表〈現代詩的困境〉拉開「鄉土文學」的序幕，臺灣的新詩界始終是以知識精英的「先鋒姿態」率先發聲的。[13]作家龍應台曾觀察到新詩界的這種「反叛性格」，並對九〇年代臺灣各大報紙副刊的「主事者」皆為詩人這個現象提出疑問[14]，但似乎未有人對「詩人占位」的現象做出回應。美國學者貝維拉達曾分析，幾乎所有與「為藝術而藝術」有關聯的作家，都曾是詩人──比如哥提耶（Theophile Gautier）、波特萊爾、愛倫坡、馬拉美（Stephane Mallarme）、和美國流亡者詩派（Fugitives）等。而「為藝術而藝術」這個信條（doxa）在法國，一開始就是回應受到壓抑的意識形態而產生的，它本身就有帶有先鋒的衝撞性格。然而這種唯美主義傾向的「職業身分」，在面對政治左翼和現代文化工業發展時，產生了極度

---

13 參見趙遐秋、呂正惠主編：《臺灣新文學思潮史綱》第六章〈現代詩的發展及其論爭〉（臺北：人間出版社，2002年），頁259-270。

14 此為筆者參與「兩岸文化出版暨媒體界圓桌論壇」，香港大學駐校作家龍應台的發言。該活動由文建會主辦，中時副刊、文匯報副刊、南方周末報、香港大學協辦，舉辦日期：2005年4月。

矛盾的生命樣態，這體現在詩人們成為出版界最不受歡迎的一群，因為詩集的滯銷，無法為出版社帶來利潤。這使得詩人們開始往報業謀生，法國的詩人們如阿波利奈爾（Guillaume Apollinaire）、哥提耶、波特萊爾、馬拉美都曾轉向新聞業謀生，有的寫專欄文章，有的做翻譯。這和《現代文學》裡集結的一批年輕詩人的生存情態是一樣的，余光中、鄭愁予、洛夫、瘂弦、商禽等人不是同時擔任學校教職員，就是擔任報社或雜誌編輯。

貝維拉達說：「他們發現自己的天賦才能與快速繁榮的新文化制度的經濟需求並不一致，於是採取一種強硬的防禦姿勢，透過憐憫自己的憎恨情緒和作品所帶來優越感來表達自己。」[15]我們無法得知這種全球詩人相似的「生存心態（habitus，也譯作慣習）」之間有沒有特殊內在的聯繫，但城市工業的發展迫使「流亡」詩人（無論是心靈上還是地理上的流亡）為了維持生存和「詩人身分」的基本尊嚴，採取文學主張上的衝撞的姿態和標新立異的行動，也許正是本章討論的知識分子「一種占據場域位置的策略」。

一九五三年臺灣詩壇以紀弦為首，率先提出「現代」的口號，創辦了國民黨遷臺後第一個正式的詩刊《現代詩》。紀弦是一九三三年由施蟄存創刊的《現代》雜誌的重要詩人，又與戴望舒、徐遲在上海創辦過《新詩》月刊，是三〇年代上海現代派的重要一員。一九五六年他成立現代詩社，加盟者八十三人，主要有方思、蓉子、羅門、白荻、鄭愁予、林亨泰等人。作為「現代詩社成立專號」的《現代詩》第十三期，刊登了《現代派公告》，並宣布「六大信條」：

---

15 〔美〕貝維拉達（Gene H. Bell-Villada）著，陳大道譯：《為藝術而藝術與文學生命》，知書房出版社（臺北：2004年），頁53-56。

一、我們是有所揚棄並發揚光大地包含了自波特萊爾以降一切
　　新的詩派之精神與要素的現代派之一群。

二、我們認為新詩乃橫的移植，而非縱的繼承。這是一個總
　　的看法，一個基本的出發點，無論是理論的建立或創作的
　　實踐。

三、詩的新大陸之探險，詩的處女地之開拓，詩的新內容之表
　　現，新的形式之創造，新的工具之發現，新的手法之發明。

四、知性之強調。

五、追求詩的純粹性。

六、愛國反共，追求自由與民主。[16]

信條末尾看起來像是對政治場域干涉文學場域的一種妥協，一個不得
不為之的「補充」，令人感到官方霸權話語的無所不在，也無怪乎文
化場域裡各個團體機構來勢洶洶欲以更強大的權力符號──「現
代」，來進行對文學自主合法化的爭鬥。

　　除了紀弦的「現代詩社」，五○年代還有覃子豪的「藍星詩社」，
張默、洛夫、瘂弦的《創世紀》詩社，呈現詩壇三足鼎立又相互攻訐
的情況。覃子豪曾就讀北京中法大學，留學日本，一九四七年來到臺
灣，與余光中、鍾鼎文等人創辦詩社並擔任社長。他首先站在民族立
場上提出「自由創作」的主張，對紀弦「橫的移植」的西化方針嚴正
批判，反對虛無，強調詩語言之精神、氣質、風格的準確性。《創世
紀》在一九五九年由具有政治色彩的「戰鬥詩」與「民族精神」風
格，轉向現代派，宣稱詩的世界性、純粹性與超現實性。張默等人雖
是軍人出身，但文化程度相對來說極佳，洛夫畢業於淡江大學英語

---

16 參見趙遐秋、呂正惠主編：《臺灣新文學思潮史綱》第六章〈現代詩的發展及其論
　　爭〉（臺北：人間出版社，2002年），頁250-251。

系，瘂弦後來留學威斯康辛大學，縱觀這些詩社成員的背景，可以說都是高級知識分子。一九六一年在本文論述的核心場域——《現代文學》雜誌第八期、第九期，洛夫和余光中的萬言大論戰掀起新詩運動的最高潮，此後小型新詩團體「葡萄園詩社」、「星座詩社」等紛紛成立，本土性格的「笠詩社」也走出較為現實明朗的詩風，但基本上仍是處於現代主義的風格之內。綜觀這些詩社的內容和成員背景，如果我們視「文學現代主義」的場域爭鬥為一具有精英、先鋒性質的文學革命，則完全是可以成立的。

對於這些知識分子在文學場域中彼此討論批評、互相對立的現象，其中到底有什麼意義，我們不該僅從歷史文獻的表面來看待之。就場域的動態分析來說，布赫迪厄認為在文化場域中關於合法性的鬥爭，造成了知識分子之間正統觀念與反正統觀念的對立（比如傳統和現代之爭、宣傳文學和自主文學之爭），那麼這些對立是通過一種潛在地、對值得爭論與鬥爭的東西有所共識而構成的。這種共同基礎稱為「基本信念（doxa）」。這個詞指的是在特定的時空中塑造知識分子思想的範疇與假設，而且一般是參與者的意識所不能把握的範疇和假設。[17]對這段話的理解我認為有兩部分，一是布氏為了強調場域鬥爭規則的「同一目的性」，也就是當各種傾向與學說之間公開衝突時，常常使行動者認識不到他們預先設定的共謀性，但旁觀者則對這種共謀性看得非常清楚，分歧內部的共識建構了一定時期知識場域的客觀整體性。換句話說，在各種分歧的傾向與主張中，反而更加確認了此一時期知識場域的客觀整體性。以五〇年代末的臺灣文化場域來說，「文學現代主義」爭論雖多，但卻擁有共同的客觀整體性，這個整體性就是對於追求文藝自主的目標，成為了他們不自覺的「共謀」的一

---

17 〔美〕戴維·斯沃茨（Swartz, D.）著，陶東風譯：《文化與權力：布赫迪厄的社會學》（上海：上海譯文出版社，2006年），頁263。

部分。第二就是知識分子通過提出不同的立場和信條（或說信念），爭奪文學場域裡的「符號權力位置」，突顯差異，以獲得自身最佳象徵資本與文化利益。

此外，知識分子中存在著尖銳的為突出個人特異性而進行的鬥爭，這是因為在知識分子的生活中，「存在就是區分」，即占據一個獨特的位置。布赫迪厄談到知識場域緊張的因素之一，就是場域中的消費者同時也是生產者，這個鬥爭包含了形成知識分子利益的職業利益。圖書合同、評論、引用、獲獎、專業機構中的領導地位、學術地位以及通向終身職位的艱苦道路，所有這一切對於一個人在知識界的地位都具有決定性的意義。他說，知識分子的利益是行動者為維護或強化自己在場域中的位置所採用的策略之結果，所以知識分子的利益同時也是政治利益──「那些似乎只是為科學進步作出貢獻的理論、方法以及概念，同時也總是『政治』花招，是嘗試確立、強化或顛覆符號統治的業已確立的關係結構的政治花招。」[18]我們並不否認知識分子在場域裡對文學權力的爭逐，但是相對於第三章我們對「啟蒙知識分子」在亞洲語境的分析，想到中國傳統知識分子感時憂國的抒情傳統與「美德」，在布赫迪厄這裡完全沒有地位，或許這正是歐洲知識分子與中國知識分子差異巨大的思維模式。

四　精英文學的場域革命：現代小說與學院派雜誌的關係

在知識分子的「有限生產場」裡，除了論戰不斷的新詩界行動，小說界的「文學現代主義」也是場域裡不可或缺的行動者。學界謂，現代主義詩歌和現代主義小說，是臺灣現代派文學思潮在一條道路上

---

18 〔美〕戴維·斯沃茨（Swartz, D.）著，陶東風譯：《文化與權力：布赫迪厄的社會學》（上海：上海譯文出版社，2006年），頁258。

的兩條軌道。現代詩興起於五○年代中期，臺灣戰後現代小說思潮如果從《文學雜誌》、《文星》雜誌開始，以及聶華苓在《自由中國》文藝欄的創作推廣算起，和現代派詩潮興起的時間幾乎是同步的。但現代主義小說思潮，是自一九六○年前後，以白先勇為代表的《現代文學》出現，才真正形成氣候的。[19]作為場域的關係性思考，我們看《現代文學》場域的小說實踐時，必須將白先勇的老師——夏濟安創辦的《文學雜誌》一併提出來考察。學者梅家玲說，所謂「學院派」文學雜誌，乃是由學院中的教授文人所創辦，以學者及青年學生為編輯和寫作主力，並且力圖將學院中的研究與教學成果，轉化為出版文化產品，走出學院，進入一般閱讀市場，刊物因此多具理想性和學術性。《文學雜誌》、《現代文學》堪稱戰後五○到六○年代臺灣兩本最重要的學院文學雜誌，而這兩本雜誌與臺大外文系、中文系師生皆有很深的淵源，後來再加上七○年代臺大的《中外文學》，形成一個時代的文學場域結構和傳承系統。[20]

　　五○年代末期的知識場域開始有許多不與官方統治階級唱和的文學刊物，我們之前提過《文星》、《自由中國》、《野風》和大大小小的詩刊，它們與學院派雜誌的性質相近，都是精英知識場域的產物。但是學院派文學雜誌比起其它刊物的相對優勢，就在於學院這個「教育機構」具有強大的「象徵性資本」。它們的總體銷量並不比綜合性文藝雜誌如《文星》、《自由中國》甚至大眾文藝雜誌如《皇冠》來得好，甚至都不超過三、五千份，但是學院派文學雜誌一脈相承、源遠

---

19 參見趙遐秋、呂正惠主編：《臺灣新文學思潮史綱》第六章〈現代主義文學思潮的興起與發展〉（臺北：人間出版社，2002年），頁253。

20 參見梅家玲：〈夏濟安、文學雜誌與臺灣大學——兼論臺灣「學院派」文學雜誌及其與「文化場域」和「教育空間」的互涉〉，《臺灣文學研究集刊》創刊號（臺北：臺灣大學臺灣文學研究所，2006年2月），頁4。

流長的特質與傳播影響力，卻是其它文藝雜誌所遠遠不及的。原因就在於「教育機構」的話語權威和精英象徵總是藉著制度的結構進行再生產，學院文學雜誌對於編纂、翻譯和輸出內容的「選擇性」挪用與傳播，藉由教學進入一代又一代學生的知識結構裡，產生一個時代特定的思想和行為模式。所以，雖然布赫迪厄承認大量受眾在當代社會中的不斷增長的重要性，但是他仍認為確立「最合法的文化形式」的還是那些受限制的文化生產場域。而且，首先是維護這些文化形式並把它們神聖化的「大學」。[21]

學院借助於一種綜合了傳統與創新的法理而在權威性方面有助於知識場域的組織，並聲稱具有授予當代創造性人物以聖職的壟斷權，並擁有傳播過去的被聖化的作品──「經典」的壟斷權。布赫迪厄認為，每個知識分子都把對於文化神聖化或合法性的要求帶入與其他知識分子的關係中，這種要求依賴於他在知識場域中占據的位置，而且特別依賴於他與大學的關係，大學作為最後手段，其所給予的是貨真價實的神聖化標誌。知識場域如此依賴於教育系統，的確是因為後者具有對合法文化加以聖化、維護、傳播以及再生產的功能。[22]正因為大學機構這種象徵性權力特徵，我們看到在臺灣知識場域的文學行動裡，無論是新詩、小說、經典的判斷、評論，參照系統和標準經常來自強勢的「學院」，比如夏志清（夏濟安弟，耶魯大學）對張愛玲的高度評價與推廣、夏濟安（臺大外文）的《文學雜誌》對英美新批評和現代主義文學作品的引進、詩人余光中（臺大外文）數次點燃的新詩和文藝路線論戰、白先勇（臺大外文）的《現代文學》對作家的培

---

21 參見〔美〕戴維・斯沃茨（Swartz, D.）著，陶東風譯：《文化與權力：布赫迪厄的社會學》（上海：上海譯文出版社，2006年），頁260。

22 參見〔美〕戴維・斯沃茨（Swartz, D.）著，陶東風譯：《文化與權力：布赫迪厄的社會學》（上海：上海譯文出版社，2006年），頁260-261。

育和「純文學」創作評獎標準的設立、林文月（臺大中文）關於《源氏物語》等經典翻譯的典範形成……等等。當然，強勢學院有其一定的優秀教學傳統和教育資源，但是這也帶來另一種隱憂，就是場域資本的不平均分配與文學話語建構的不平等。

讓我們回到雜誌本體對現代主義和古典小說的介紹、挪用和再生產。《文學雜誌》在一九五六年創刊的〈致讀者〉[23]中說：「我們不想在文壇上標新立異，只想腳踏實地，用心寫幾篇好文章」，並「提倡樸實、理智、冷靜的作風」，認為「說老實話比文字的美麗更重要」。同時歡迎「各種體裁的文學創作與翻譯，特別是文學理論和有關中西文學的論著，因為這類稿件可以誘導出更好的文學創作」。由此我們可以看出夏濟安雖精於各種中西文藝理論，並致力於西方小說作品的引介，但他最關心和重視的，還是延續中國文學創作的一線香火。既然無緣於五四新文學傳統，那麼無論是古典或現代的養分，只要有助於提升和培養當下青年作家的創作熱情與素養，就是夏濟安的心中所願。檢視六卷四十八期《文學雜誌》所刊登的文章，以各類創作居多，但每一期必擇一篇有份量的「關於中西文學的論著」作為開篇之作。例如前四期的刊頭論著依序為：勞幹〈李商隱燕臺詩評述〉、梁實秋〈文學的境界〉、Robert Penn Warren 原著、張愛玲譯〈海明威論〉、臺靜農（白簡）〈魏晉文學思想述論〉等。其他還包括夏濟安自己譯的霍桑作品〈古屋雜憶〉、以「新批評」為法的論文〈評彭哥的〈落月〉兼論現代小說〉、〈白話文與新詩〉、〈一則故事，兩種寫法〉、朱乃長譯〈論亨利詹姆士的早期作品〉、葉嘉瑩〈從義山嫦娥詩談起〉等，兼顧中國古典文論與西方的批評理論。這些論述或翻譯很

---

23 何雅雯：〈學院之樹：《文學雜誌》、《現代文學》、《中外文學》雜談〉，摘自《文訊》雜誌之「臺灣文學雜誌專號」第213期（臺北：文訊雜誌社，2003年7月），頁50。

多來自臺大中文、外文系教師，也兼及海內外各學院的名師碩彥。

夏濟安逝世後，《現代文學》與《幼獅月刊》曾製作紀念專輯，編輯的焦點不約而同地落在「小說」上面。《現代文學》在〈紀念專輯前言〉裡表示：

> 本輯蒐有夏志清教授及劉紹銘先生兩篇評介，餘者為夏濟安先生小說創作及對西洋小說的評論。本輯內容偏重小說，有特殊的意義：因為濟安先生生前對於中國文學最關心的問題，即是中國近代小說發展及其隱憂……世界各國首輪學府的中文系早將《紅樓夢》、《水滸》、《三國》奉為中國文學的經典，而我國大學的國文系，小說一科，尚付缺如。曹雪芹、施耐庵、羅貫中尚且徜徉臺大門外，不得登堂入室。憑此一點，西洋學術界有理由譏評我國人文教育落後。本刊藉此重申先生對中國小說前途之關切，並要求我國學術界對中國小說之重視。[24]

由這段話我們可以清楚看見，五〇代中後期的臺灣文學場域是十分貧瘠的，一方面文學受到政治場域的高度束縛，連古典文學界都氣息快快，絲毫沒有復興文化傳統的企圖和遠見；另一方面社會積弊已久，傳統與現代尚未完成過渡，更遑論接受西方現代小說觀念和跨界實驗的文學概念。也因此《文學雜誌》在當時的種種編輯策略、翻譯嘗試、理論互涉……都顯出它時代的創新性。夏濟安的文學行動與實踐，同時也為他贏得臺灣五〇年代現代文學場域的領頭位置，特別是小說範圍的世界性引介與對青年作家的拔擢上，具有絕對的象徵性權力。

---

24 參見梅家玲：〈夏濟安、文學雜誌與臺灣大學──兼論臺灣「學院派」文學雜誌及其與「文化場域」和「教育空間」的互涉〉，《臺灣文學研究集刊》創刊號（臺北：臺灣大學臺灣文學研究所，2006年2月），頁18-19。

　　創立時間僅有四年的《文學雜誌》（1956-1960），因夏濟安到美國教書而結束，這一時期「文學現代主義」由一九六○年創辦的《現代文學》雜誌繼起，以超乎想像的耐力持續了二十年之久，在貧乏的臺灣文化場域進行文學接受、傳播與再製的實踐。這一批由夏濟安和臺大外文系在校園培養起來的學生作家頗有長江後浪推前浪的意味，相較於《文學雜誌》和他們的老師輩，他們雖然年輕青澀，對文學的理解、創作和翻譯技巧未臻成熟，但是對文學雜誌的籌辦顯得更有企圖心和魄力，在西方文藝作品、理論譯介上也益發大膽、前衛；而在小說創作方面他們更是勤奮不墜，不僅刊物的編輯同仁個個能寫，在網羅臺灣年輕優秀作品的舉措上，也逐步顯出一本文學雜誌在社會的文化產業鏈形塑過程中，所擁有的適應力、影響力和專注力。這一批學生作家就是臺大外文系的白先勇、王文興、歐陽子、陳若曦、劉紹銘、余光中、李歐梵、戴天、葉維廉、杜國清等人，加上經常在《現代文學》上發表作品的基本作家陳映真、林懷民、黃春明、七等生、施叔青、李昂、李永平、楊牧等……，對於這些在《現代文學》二十年歷史上留下深刻足跡的人，我們可以稱之為「《現代文學》的一代」。

　　《現代文學》雜誌前後共出刊七十三冊，從一九六○年三月創刊開始到一九八四年五月停刊，中間從一九七三年九月到一九七七年七月曾中斷三年半，前後歷經二十餘載，共刊載一千四百二十一篇文章。綜看《現代文學》前五十一期，正位於「文學現代主義」在臺灣興起的時代，也就是一九六○到一九七三年之間（也是本文界定場域考察的時間段），占據了此時的場域主導位置；直到一九七三年之後鄉土現實主義文學才逐漸嶄露頭角並轉移時代的文學話語權。

　　《現代文學》在「外國文學譯介」（包括新詩、小說、散文、劇本、評論等五大類）與「現代白話文小說創作」兩類上的成績非凡，

已為學界、文化界公認；而不可忽視的還有姚一葦在《現代文學》雜誌上長期對美學和藝術理論的關注和介紹。此外，因為編輯群出身外文專業的優勢與便利，《現代文學》也加強與臺大中文系的合作，致力於開拓中國古典文學研究的新視野。我們看見《現代文學》雜誌在老師夏濟安《文學雜誌》的啟蒙下，煥發出更為前進和自信的姿態，特別在外國文學專題的製作和介紹方面，和華文小說作品的長期接納與實驗方面，做出令人讚嘆的成果。長期負責協助編務的柯慶明（臺大中文系）曾這樣描述《現代文學》戮力最深的創辦人白先勇：

> 初識的當晚，白先勇情不自禁地左一句「identity」，右一句「identity」的說個不停。對於沒有發生過認同問題的我來說，真的是一個新奇的經驗。當時只覺得學外國文學的他，到了國外仍得靠教中國文學為生，或許真的帶給他蠻大的困擾吧！後來逐漸看到全部的《臺北人》系列小說，以及他計劃要寫，而終只寫了〈謫仙記〉等篇的「紐約客」系列小說，就恍然其中主要人物所反映的認同焦慮，其實正是當時困擾他自己的焦慮。一個熱愛祖國，卻又選擇了生活在異國的人才會有的焦慮。在事過境遷回想起來，尤其看到大家紛紛放棄《現代文學》之際，白先勇幾乎就是不顧一切的要獨立支撐《現代文學》的情景，有時不免也覺得《現代文學》似乎成了他自我認同焦慮的解決。一種彷彿是對於遠離中國的贖罪行為。[25]

白先勇作為《現代文學》場域的行動者，對於大環境與自身的生命情

---

25 柯慶明：〈短暫的青春！永遠的文學？〉，載《現文因緣》，頁38-39。轉引自林積萍：《《現代文學》新視界：文學雜誌的向量探索》（臺北：讀冊文化事業公司，2005年），頁31。

境有超乎常人的敏感，童年流離失所的背景與家族長輩和政治場域之
間的關係，都使他與其他文學行動者有明顯的「區隔」，甚至在對中
國文學新傳統的建構理想上（特別在小說方面），白先勇也超越了他
的老師夏濟安。對此，我們在下一章裡還有詳細的闡述。

　　由於篇目繁雜，我們選取關注《現代文學》前五十一期裡關於外
國小說的專題譯介，來看《現代文學》在「文學現代主義」的世界性
思潮當中的擇選、輸入、傳播與再生產。並在本文的第二章、第六章
和第九章都根據該章節不同的主題和重點來討論《現代文學》的華文
小說創作。《現代文學》創刊的前十五期編輯為主力創刊人員白先
勇、王文興、劉紹銘、歐陽子等，大部分篇幅著重在譯介。十六至二
十六期創刊人員相繼出國留學，由白先勇委託余光中、姚一葦、何欣
擔任編輯，此時期以創作為主，小說有六十七篇，詩作有七十首左
右。譯介部分是前一階段作品介紹的深化。有意識增加散文文類。二
十七至三十五期由王文興主編，再度回到創刊期的前進風格，但成果
日豐。除第三十三期「中國古典文學研究專號」，聲明首重視中國古
典文學。第二十七期刊登喬伊斯《都柏林人》七篇小說，卡夫卡《審
判》分五期全部譯出。另有美國文學專題、西班牙文學專題，學術性
強。三十六至五十一期前後主要編輯由余光中、何欣、柯慶明擔任，
創作上強調創新、實驗，歡迎文學新血。中國古典文學研究日漸成
熟。[26]

---

26 參見下頁附表，部分從缺。

《現代文學》從第一期到第五十一期專題篇目

第 1 期　論卡夫卡及其短篇小說

第 2 期　湯瑪斯・吳爾芙小傳

第 3 期　水仙・湯姆斯曼及其作品

第 4 期　喬伊斯其人

第 5 期　勞倫斯小傳

第 6 期　吳爾芙夫人小傳

第 7 期　波特小傳

第 8 期　費滋哲羅小傳

第 9 期　沙特小傳

第 10 期　奧尼爾小傳

第 11 期　威廉・佛克納

第 12 期　約翰・史坦貝克小傳

第 13 期　葉慈小傳

第 14 期　橫光利一

第 15 期　斯特林堡與現代主義

第 17 期　姚一葦《藝術的奧秘》

第 19 期　印度詩選

第 20 期　法國詩人徐貝維厄爾

第 22 期　推薦陳映真

第 23 期　推薦施叔青

第 24 期　艾略特專號

第 25 期　夏濟安紀念專輯

第 27 期　詹姆斯・喬伊斯

第 28 期　葉嘉瑩〈說杜甫贈李白詩〉

第 29 期　美國文學專題研究

第 30 期　西班牙文學及諾獎詩人希梅涅、卡繆研究

第 31 期　都柏林人研究專輯

第 32 期　短篇小說研究專號

第 33 期　中國古典文學研究專號

第 35 期　海明威小說研究

第 37 期　白先勇

第 38 期　於梨華

第 39 期　周夢蝶及法國詩人藍波

第 40 期　紀德研究專號

第 41 期　貝克特研究專號

第 42 期　亨利・詹姆斯研究

第 43 期　卡繆專號

第 44 期　中國古典小說研究專號上

第 45 期　中國古典小說研究專號下

第 46 期　現代詩回顧專號

第 47 期　心理分析與文學藝術專號

第 48 期　心理分析與文學藝術專號（續）

第 49 期　青年作者專號

第 50 期　從缺

第 51 期　從缺

從以上附表我們大致可以看出《現代文學》前五十一期（1960-
1973）對「文學現代主義」編選取向的國際化、中西文學傳統的兼容
並包，以及文學品味的精英化特質。在五十一期裡關於西洋譯介部分，
幾乎網羅了一九三〇年代以後國際性現代主義思潮中的重要作家。

　　事實上對於《現代文學》的歷史事件、專題考察，以及期刊目錄
等文獻史料的向量統計性整理，已有專著出版[27]，本文著眼的是場域
和文化現象，故不做向量研究。但是向量統計對於文學雜誌的場域研
究十分重要。而對於《現代文學》雜誌上的重要作家、作品的研究，
數十年來也從未間斷。《現代文學》雜誌二十年來累積的「文化資
本」，的確形成一股特殊的研究門類，即使無法分門別類，但我們在
許多關於臺灣文學、現代化運動和現代主義、現代作家作品的學術研
究當中都無法繞開《現代文學》雜誌的影響。正如我們在導言中說
的，靜態的文獻分析既然不缺乏，需要注重的就更應該是《現代文
學》動態的、關係性的雜誌場域分析，以及行動者們在場域裡的施力
的重點、和其場域裡關係性的運作與調節。《現代文學》雜誌場域作
為一個客觀整體，如布赫迪厄所說，我們需要從外部環境和內部結構
來進行考察，也需要對行動者的習性、生存心態、教育背景、象徵資
本等有所梳理，這樣才能得出一個對「場域的實踐」較為全面、且客
觀的看法和評價。這也是本文需要對閱者重複強調的「關係性」的思
考觀點與視角（正如布氏做的一樣）。
　　上篇裡我們已經考察了《現代文學》場域的外部環境，中篇我們
著重辨析五〇到六〇年代臺灣文學場域的三個方面：空間同構和雜誌

---

27 參見林積萍：《《現代文學》新視界：文學雜誌的向量探索》（臺北：讀冊文化事業公
　　司，2005年。

場域的關係型構、知識場域的符號鬥爭、與文學權力的資本轉換和位
移,當然,這些與作為核心視角的《現代文學》場域實踐息息相關。
下一章我們將進入關於《現代文學》雜誌「學院行動者」的討論。

第五章
學院行動者：從夏濟安到白先勇

一　學院的象徵權力：北京大學與臺灣大學

　　在第一章我們考察了臺灣的「後結構社會」語境，我們看見五〇年代的臺灣是一個複雜且多極（polarities）的社會。在這種複雜的背景下，「習性」（habitus）所創造的不同場域之間的實踐同構性，連同布赫迪厄納入實踐行為模式的「基本因素」的時間，可以作為重要參照來解讀個人和集體之間關係的連接點。針對臺灣六〇年代個別的學院行動者及其「習性」與場域的相遇，我們以此分析具有集體性特徵的社會生產與行動邏輯。正如布赫迪厄所認為，即便是最個人最透明化的行動，也並非是行動主體自己可以解釋的，而是必須從行動產生所依賴的整個關係網絡中來解釋。[1]所以我們所解讀的個體行為中就包含了群體性特徵的所有積澱。

　　一九四九年後臺灣政治場域在加大對文藝場域的監視和掌控同時，反過來看，其實變相地加速了文藝場域的自主化進程。儘管這是一種壓制和干預的因素，但是當時的文藝刊物充斥了政治介入的痕跡，如信條和口號等，迫使許多具有文學理想的作家、學者，試圖脫離政治場域的干預，爭取文學自治權。當時最具備文化資本與權力象徵的顯然是布赫迪厄所認為隱藏的宰制工具——大學院校。作為臺灣重要的教育機構，臺大的前身「臺北帝國大學」由日本政府於一九二

1　〔法〕朋尼維茲（Patrice Bonnewitz）著，孫智綺譯：《布赫迪厄社會學的第一課》（臺北：麥田出版，2002年），頁42。

八年在臺北設立用來與殖民政策配合，作為「南進」的工具。一九四五年國民政府接手後改名為「國立臺灣大學」，新校長傅斯年強調「純粹」的辦大學，「不許把大學作為任何學術外的目的工具……辦大學為的是學術，為的是青年，為的是中國和世界的文化。」[2]

傅斯年與北京大學淵源深厚，早年是北大文科出身，深受自由主義影響，主張人本精神，所以接手臺大後特別重視日本殖民時期被壓抑的人文教育。加之當時輿論特別籲請臺大訓練學生之國文、英文閱讀能力，好使他們有機會接受新思想及新的思考方法，養成自由思想風氣；於是聘請許多一流的人文學科教授，務使學生「一進大門，便得到第一流的教授教他們的普通課」，所以臺大裡不少課程的設計標準與排列，都是參考北大、清華者定之。[3]然而此時臺大的人文學科所處的環境和風氣與北大已迥然不同，初來臺大的這些教授，在壓制的政治環境下全無文化生產的實踐基礎，所以才會引發夏濟安這種在臺大外文系教英文的教授有了另闢蹊徑創辦雜誌的想法。他在一九五六年創辦的《文學雜誌》，不僅是外文系學生白先勇實踐其「作家夢」的重要刊物，也對於白先勇後來與同學一同創辦《現代文學》產生莫大的影響。

夏濟安一九四○年畢業於上海光華大學英文系，分別於光華大學、中央軍校第七分校、西南聯大、北京大學、新亞書院等校任過教，但為時很短。[4]他在臺大外文系的任教時期為：一九五○到一九五九年

2　梅家玲：〈夏濟安、文學雜誌與臺灣大學——兼論臺灣「學院派」文學雜誌及其與「文化場域」和「教育空間」的互涉〉，《臺灣文學研究集刊》創刊號（臺北：臺灣大學臺灣文學研究所，2006年2月），頁5。

3　梅家玲：〈夏濟安、文學雜誌與臺灣大學——兼論臺灣「學院派」文學雜誌及其與「文化場域」和「教育空間」的互涉〉，《臺灣文學研究集刊》創刊號（臺北：臺灣大學臺灣文學研究所，2006年2月），頁6、21。

4　梅家玲：〈夏濟安、文學雜誌與臺灣大學——兼論臺灣「學院派」文學雜誌及其與

（期間曾由美國新聞處安排，前往印第安納大學研究院深造半年，專攻小說習作）。外文系全稱為「外國語文學系」，表面以學習英語為主，其實大多由文學作品的解讀來進行教學。夏濟安到臺大的第二年起，陸續為外文系開授專業科目，包括翻譯、小說選讀、英國文學史等。學生大一學英文；大二學會話與文法，以及英國文學史的課程；大三讀英國散文與小說；大四學戲劇與翻譯，皆以英美文學為主要研究對象。並且課堂上指定閱讀的文本主要是十八、十九世紀的作品，如 Thackeray 的《浮華世界（*Vanity Fair*）》，及哈代的《故里人歸（*The Return of the Native*）》。[5]但是在戰後臺大外文系成立十年不到的時間裡，夏濟安最大的影響力並非來自教書和學術成果，而是創辦了《文學雜誌》。

　　《文學雜誌》據說是「吳夏劉」三人在麻將桌嬉笑議定。[6]吳為吳魯芹，和夏濟安同為著名學者，劉為劉守宜，是明華書局的老闆，與夏濟安、吳魯芹二人有同學之情。此外夏濟安的弟弟夏志清在美國研究文學，具備海外資源，所以集稿源、出版、文化資本於一身，藉由《文學雜誌》將學院中的研究與教學成果，轉化為閱讀市場中的文化實踐行為，似乎為情理之中的事。所以一九五六年九月《文學雜誌》在創刊號的〈致讀者〉中，夏濟安就表明：「我們雖身處動亂時代，我們希望我們的文章並不『動亂』。我們所倡導的是樸實、理智、冷靜的作風……我們認為，宣傳作品中固然可能有好文章，但文

　　「文化場域」和「教育空間」的互涉〉，《臺灣文學研究集刊》創刊號（臺北：臺灣大學臺灣文學研究所，2006年2月），頁2。

5　李歐梵著，林秀玲譯：〈在臺灣發現卡夫卡：一段個人回憶〉，《中外文學》第30卷6期（2001年），頁177。

6　何雅雯：〈學院之樹──《文學雜誌》、《現代文學》與《中外文學》雜談〉，《文訊雜誌》第213期（臺北：文訊雜誌社，2003年7月），頁48。

學可不盡是宣傳。文學有它千古不變的價值。」[7]

　　《文學雜誌》可以視為文學場域自主化的第一步，於學院這種制度化的機構，具備豐富的文化資本及公認的合法權威的人（夏濟安為首的臺大外文系教授群），以區別當時的官方文藝。但這本《文學雜誌》創刊構想並非憑空而起，其原型來自三〇年代朱光潛主編的同名的《文學雜誌》，關於這一點，吳魯芹在回憶與夏濟安創辦《文學雜誌》的過程時曾說：

> 似乎雜誌的名稱一開始就定了，沒有討論過，我們都覺得抗戰以前朱孟實（光潛）先生主編的《文學雜誌》和我們的構想最接近，也是最值得賡續的傳統……《文學雜誌》的編排以及外表，多少是承襲當年上海商務印書館出版的《文學雜誌》。守宜不知從那裡找到一本舊本作範本。大體上是一仍舊貫，並不需要什麼新意。[8]

朱光潛主編的《文學雜誌》是一份綜合性文藝月刊，一九三七年五月創刊於北京，由上海商務印書館發行，其辦刊的理念是自由生發的文化路線，當時的編輯群陣容龐大，有周作人、葉公超、沈從文、楊振聲、朱自清、廢名、林徽因等人，是一份以北大教授為撰作群的文學性雜誌，同時視為一個典型的「京派」的雜誌，並且是集合了「京派」集體力量的第一個雜誌。[9]

7　夏濟安主編：《文學雜誌》創刊號（1956年9月）。

8　吳魯芹：〈瑣憶《文學雜誌》的創刊和夭折〉，轉引自梅家玲：〈夏濟安、文學雜誌與臺灣大學——兼論臺灣「學院派」文學雜誌及其與「文化場域」和「教育空間」的互涉〉，《臺灣文學研究集刊》創刊號（臺北：臺灣大學臺灣文學研究所，2006年2月），頁21-22。

9　高恒文：《京派文人：學院派的風采》（上海：上海教育出版社，2000年），頁199。

　　我們觀照夏濟安在臺大的《文學雜誌》，對照「北大」撰作群的《文學雜誌》，發現兩者有許多相似之處。除大量刊用本學院內教授的文章，也對外徵收稿源，以文學評論、翻譯、創作為主，特別著重論著，曰：「各種體裁的文學創作與翻譯，希望海內外作家譯家，源源賜寄，共觀厥成。文學理論和有關中西文學的論著，可以激發研究的興趣；它們本身不是文學創作，但是可以誘導出更好的文學創作。這一類的稿件，我們特別歡迎。」[10]

　　深究臺大的《文學雜誌》的創刊理念，我們不難發現，這並非一次舊有刊物的複製和模仿，而是於當時的時代背景下通過時間作出回應的策略。與其說夏濟安的《文學雜誌》構想更接近朱光潛的《文學雜誌》，不如說前者的雜誌構想更適合進入當時的社會實踐和文化鬥爭。一本以學院為中心，以文學評論來引導創作思想的雜誌，使得夏濟安的《文學雜誌》不僅能在制度化的機構裡具備合法性，更是有致力於社會文化生產的雄心。這是夏濟安與朱光潛的略有不同之處，其對外約稿接納一切論著的態度，使得夏濟安版《文學雜誌》承載的功用擴大化，成為一個引導閱讀與創作的橋梁，不但引進西方文學論著，也旨在推動文學事業的發展，以學院為中心進行普及。《文學雜誌》六卷、四十八期所刊登的篇章裡，每一期都會選擇一篇極有份量的「有關中西文學的論著」，作為全刊開篇之作。中西文學素養極高的夏濟安，不僅使用西方文學批評方法評論本地作品，也援引了很多西方作者的論述或作品翻譯，並雲集臺大外文系和中文系教師等「文學行動者」：

---

10 〈致讀者〉，《文學雜誌》第1卷1期（1956年），頁70。

> 屬外文系者，有夏濟安、吳魯芹、黃瓊玖、張沅長、英千里、
> 朱立民、侯健、朱乃長等；中文系有臺靜農、鄭騫、葉慶炳、
> 林文月、許世瑛、廖蔚卿、葉嘉瑩、王貴苓等。此外，勞榦、
> 沈剛伯時為臺大歷史系教授，梁實秋、余光中任教於師大、東
> 吳；再加上任教於美國紐約州立大學的夏志清、柏克萊大學的
> 陳世驤、西雅圖華盛頓大學的高格（Jacoborg）[11]

《文學雜誌》看似麻將桌上談笑間的文化資本整合，實際這一現象如布赫迪厄認為的，擁有同一習性的社會行動者，不需經過商討就能英雄所見略同。[12]儘管習性常常塑造個體行為，但布赫迪厄強調習性的集體基礎，強調那些把相似的生活機會內化的個體享受相同的習性，所以我們能夠看到《文學雜誌》不僅通過一致性（堅持文學批評路線），而且通過差異性（中／西）來與共同風格相關聯。造就了《文學雜誌》聚攏學院知識分子的盛況。在當時方興未艾的文學領域，急需的並非是大量產出與創作，而是吸納並進行著作論述來引導創作思想，其以「誘導出更好的文學創作」確實使六〇年代島內文壇進入空前的創作旺盛期。

之前我們提到《文學雜誌》不僅是外文系學生白先勇實踐其「作家夢」的重要刊物，也對於白先勇後來與同學一同創辦《現代文學》產生深遠影響。但是，從內在來說，夏濟安在行動層面對於白先勇的影響，可能比《文學雜誌》刊登的文學作品本身來得更大。夏濟安曾

---

11 梅家玲：〈夏濟安、文學雜誌與臺灣大學——兼論臺灣「學院派」文學雜誌及其與「文化場域」和「教育空間」的互涉〉，《臺灣文學研究集刊》創刊號（臺北：臺灣大學臺灣文學研究所，2006年2月），頁12。

12 〔法〕朋尼維茲（Patrice Bonnewitz）著，孫智綺譯：《布赫迪厄社會學的第一課》（臺北：麥田出版，2002年），頁112。

以「齊文瑜」筆名翻譯了菲利普・拉夫（Philip Rahv）原著的〈論自然主義小說之沒落〉一文，並注言：「該文作者為美國當代批評家，是 *Partisan Review* 的創辦人兼主編。」課堂上夏濟安也大力推介菲利普・拉夫及「現代圖書館」叢書，而「現代圖書館」後來成為《現代文學》譯介現代主義文學時重要的參考來源。

二　天生的文學行動者

一九五七年，白先勇正式考入臺大外文系的時候，外文系是極其熱門的專業，除了前面提到的頂尖的教育師資之外，與白先勇一同考入的都是經過激烈競爭的年輕人，日後成名者如「李歐梵、王文興、歐陽子、陳若曦、林耀福、楊美惠、戴天、郭松棻等」。[13]懷揣「作家夢」來到外文系的白先勇，對於《文學雜誌》的內在認同感是極其強烈的，而他與夏濟安的關係也開始於這本《文學雜誌》。但是到了一九五九年春，夏濟安應邀以訪問學者的身分赴美國進行學術研究後，《文學雜誌》與白先勇這班同學有漸行漸遠之勢，某種程度上催生了《現代文學》的誕生。[14]

《現代文學》成員以臺大外文系學生為骨幹，除白先勇、王文興、歐陽子、李歐梵外，還有葉維廉、劉紹銘、杜國清等，先後持續二十年，貫穿整個一九六○年代，培養許多的年輕作家如黃春明、七等生、施叔青、李昂、李永平、林懷民、陳映真等。關於《現代文學》的創辦過程以及歷史性的影響，前章已做了一些介紹。如前章所示，在當時不僅《現代文學》，而且湧現了諸多新創辦的文學期刊者，但為何以白先勇的《現代文學》最具代表，並且緣何維持二十年

13　劉俊：《情與美——白先勇傳》（臺北：時報文化出版企業公司，2007年），頁68。
14　劉俊：《情與美——白先勇傳》（臺北：時報文化出版企業公司，2007年），頁73-74。

之久，是一個值得深究的個案。早年的夏濟安的《文學雜誌》陣容龐大，但卻也只是維持了短短的幾年，後來的《文學季刊》、《純文學》等也都「一一英勇地倒撲下去」。[15]

《現代文學》到底有何本事能以初生之犢的姿態，勝出當時近百份文藝刊物，而占據文學主導話語的位置？創辦者和編輯群是如何累積他們的經濟和文化資本，來支撐一本雜誌的運營？首先，《現代文學》在當時聚攏的一群外文系年輕人，其身分特徵和文化習性很像布赫迪厄在研究法屬北非殖民地的移民所談到的「移民第二代」。在法國出生的移民家庭第二代，生活在兩種習性對立所造成的文化衝突當中，這些移民第二代「一邊是父母維持傳統的習慣，另一邊則是在同化的過程中；所以第二代的子女與年輕的法國人在實踐上及再現上有越來越接近的習性。」[16]反觀《現代文學》雜誌的誕生，不能不說和一群臺大外文系學生彼此相似的「習性」有關。白先勇在回憶他們這一代青年人共同的困境時說，「大陸上的歷史功過，我們不負任何責任」，然而「大陸失敗的後果，我們卻必須與我們的父兄輩共同擔當」[17]，所以這一班移民臺灣的「新一代」對於過去的那個舊世界已經無法認同，急需的是一種思想上的獨立與成長。

所以《現代文學》創辦的過程之中，其實也包含了另外一層研究的可能性，即對於新文化資本的確立。不僅區別於白先勇所說的「舊世界」，甚至是區別於「傳統」，他們進行的也是一種激烈的反叛和文化鬥爭。經過激烈的競爭才能進入的外文系，不僅是名校中的熱門科

---

15 白先勇：〈《現代文學》的回顧與前瞻〉，《現代文學小說選集（一）》〈序〉（臺北：爾雅出版社，1977年），頁11。

16 〔法〕朋尼維茲（Patrice Bonnewitz）著，孫智綺譯：《布赫迪厄社會學的第一課》（臺北：麥田出版，2002年），頁116。

17 白先勇：〈《現代文學》創立的時代背景及其精神風貌〉，摘自《現文因緣》〈序〉（臺北：現代文學雜誌社，1991年）。

系，在經過兩年的學習之後，這些大三的學生已經由西方現代文化的
薰陶內化為相同習性的群體，形成一種特殊的文化適應。臺大外文系
當時的學院文化和美援影響下的社會環境之型構十分類似，所以以介
紹西方流派和西方創作實驗手法的雜誌，其成功的可能性就相應被提
高了。除此之外，白先勇的家庭背景也是一個重要因素。在布赫迪厄
看來，文化資本的傳遞，基本上是一種特權、一種權力支配的隱蔽表
現，它在家庭的教化過程中，便已儼然成形，學校系統則是正當化這
種權力支配關係的主要工具。[18]白崇禧作為國民黨著名「儒將」，極其
注重子女的教育，作為白崇禧的第五子，童年的白先勇雖然在動盪不
安中隨全家一路搬遷（從桂林、重慶、南京、上海、武漢，一九四九
年到香港，一九五二年到了臺灣），但是這期間家庭從未中斷或忽略
過對白先勇的教育。白先勇兄弟姊妹共計十人，有一半都受過高等教
育，[19]家庭的教育給予了白先勇初級的習性，是最為持久的，同時也
給予了白先勇來自家庭的文化資本，這個文化資本有時並非是物質層
面的，而包括以知識工具為形式而內化的文化資本，比如布赫迪厄所
說的家裡享有的互動、早熟的學習發展、語言能力。

　　白先勇從一九四九年到一九五二年在香港時期就接受了英文的教
育，而且每到一處成績總是第一名。這種與生俱來的特質使他在任何
一個地方都容易成為佼佼者，連他自己說，「自己的領袖欲滿強的，
辦雜誌也是頭。」[20]當然一個社會行動者的習性，會隨著社會場域自
身所經歷的各種歷程而重新建構。白先勇兒時在大陸動盪不安的時

18 〔美〕戴維・斯沃茨（Swartz, D.）著，陶東風譯：《文化與權力：布赫迪厄的社會
　　學》（上海：上海譯文出版社，2006年），頁87。
19 劉俊：《情與美——白先勇傳》（臺北：時報文化出版企業公司，2007年），頁36。
20 劉俊：《情與美——白先勇傳》（臺北：時報文化出版企業公司，2007年），頁418。

代，早已看慣了十里洋場的奢靡之姿和戰爭中人們的苦難，童年也患
過病，甚至一度從家人中被隔離，這些都使他的內在具備纖細敏感的
作家特質，童年時代對世界就有一種「無常」的感覺。而他的外在性
格遺傳了父母，個人對於社會又有很強的適應能力。[21]這些既使他較
之於同齡人對於現實有很深刻的認識，又使其本人具備很強的榮譽
感。從他考入臺大外文系的一連串經歷就可以看見他對榮譽感的強烈
追求。高中畢業的時候，白先勇就因成績優異被保送臺大，但是他在
書上看到長江三峽水利灌溉計劃（Y.V.A）時立刻產生一個「浪漫念
頭」，他想像參與這個灌溉計劃可以和美國的（T.V.A）媲美，造福億
萬生民，於是他興起讀水利工程的想法。而白先勇小時候隨著父母在
大陸東奔西走，使他十分渴望有朝一日回到這片土地，「一面建設國
家，一面遊名川大山，然後又可以寫自己的文章」，[22]但是當時的臺大
並沒有水利系，於是白先勇便要求保送成功大學水利系。

　　在成功大學經過一年枯燥無味的水利工程學習之後，白先勇原初
選擇讀水利的那份理想和豪情已消磨殆盡，他意識到自己最大的夢想
仍然是「作家夢」，但是已經學了一年的水利工程棄之不易，不棄又
十分掙扎，就在白先勇進退兩難躊躇不前的時候，一本雜誌的出現改
變了他的人生，這本雜誌就是夏濟安主編的《文學雜誌》。

　　　　有一天，在臺南一家小書局裡，我發現了兩本封面褪色，灰塵
　　　　滿布的雜誌《文學雜誌》第一、二期，買回去一看，頓時如綸
　　　　音貫耳，我記得看到王鎮國譯華頓夫人的《伊丹傅羅姆》，浪
　　　　漫兼寫實，美不勝收。雖然，我那時看過一些翻譯小說：《簡

---

21 劉俊：《情與美——白先勇傳》（臺北：時報文化出版企業公司，2007年），頁417。
22 劉俊：《情與美——白先勇傳》（臺北：時報文化出版企業公司，2007年），頁63。

愛》、《飄》、《傲慢與偏見》、《咆哮山莊》等等，但是信手拈來，並不認真。夏濟安先生編的《文學雜誌》實是引導我對西洋文學熱愛的橋梁。我作了一項我生命中異常重大的決定，重考大學，轉攻文學。[23]

白先勇起初準備重考臺大中文系，他為此特地聽取了初中時代國文老師李雅韻老師的意見。李雅韻長於北京，一口純正的京腔與優雅做派，白先勇視其為寫作的啟蒙老師。出身於中文系的李雅韻知道白先勇選擇文學是因為「作家夢」，要走創作的道路。但當時的中文系主要是學習古典文學，對於以白話為載體、以西方小說觀念和技巧為主要指導的當代創作，提供的幫助遠不如西洋文學來得大。所以李雅韻建議白先勇學西洋文學。[24]

　　從上述所有的這些歷程都能看出白先勇在社會經驗上有異於同齡人的地方。作為文學行動者的「習性」，不僅來自童年的社會化經驗，來自外在的結構環境也在這種經驗當中被內化。[25]究其作品而言，〈寂寞的十七歲〉、〈遊園驚夢〉、〈芝加哥之死〉等小說，都顯示出他對社會化經驗的敏銳，以及強烈的榮譽感，不論是文學榮譽感還是民族榮譽感。正如布赫迪厄在研究阿爾及利亞的農民時，發現那裡的農民的社會團結不是建立在編成法典的規則上，而是建立在情感與榮譽上。布赫迪厄解釋說，在卡比爾人社會中，「社會規範存在於每個個體的意識中，而不是被看作是一個難以達到的理想或強制性的命

23　白先勇：〈驀然回首〉，《驀然回首》（臺北：爾雅出版社，1978年），頁65-78。

24　劉俊：《情與美──白先勇傳》（臺北：時報文化出版企業公司，2007年），頁65-66。

25　〔美〕戴維‧斯沃茨（Swartz, D.）著，陶東風譯：《文化與權力：布赫迪厄的社會學》（上海：上海譯文出版社，2006年），頁119。

令。」[26]換句話說,是一種榮譽感和情感結構影響個人或團體對人生理想或社會實踐的內容,這種動力比強制性規範個人或團體的行動更為有效。

所以白先勇與《現代文學》雜誌的場域實踐,放在六〇年代臺灣複雜的政經、文學環境中,我們需要強調「行動者」這個術語所暗示的,在其日常實踐中嘗試沿著「制約」與「機會」的曲徑運動,而這個曲徑是他們通過過去的經驗並在時間中不完全地把握到的。[27]《現代文學》與當時的文化場域並無規則上的被動屈從,但其策略性的包含了規範情境中的特定行為,比如當時統治階層對英語世界文學作品的認可。以當時白先勇和他的外文系同學的友好關係來看,《現代文學》更多的是基於一種「榮譽感」,這種榮譽感來源於通過實用的方式把特定情境中適當的或可能的東西加以內在化的一系列傾向。包含了家庭賦予的文化資本、後天的社會經驗、學校作為宰制工具的內化結構,構成了行動者的「習性」,成為集體性的沉澱。使得以白先勇為代表的這批年輕人,共同締造了臺灣現代主義文學的輝煌時代。

當我們比較文學行動者之間「習性」之內化的傳承,《文學雜誌》與《現代文學》兩者當時對官方文化霸權都採取抵抗的姿態,但他們的姿態是溫和的,僅體現於「不唱同調」:一個追求文學自主化,另一個則在文化場域自主化的同時追求差異化,勇於自我重新定位,以累積新的象徵資本。同時兩本雜誌都對於社會實踐具有充分的擁抱現代的傾向,《現代文學》比《文學雜誌》走得更穩健、更成

---

26 〔美〕戴維‧斯沃茨(Swartz, D.)著,陶東風譯:《文化與權力:布赫迪厄的社會學》(上海:上海譯文出版社,2006年),頁113-114。

27 〔美〕戴維‧斯沃茨(Swartz, D.)著,陶東風譯:《文化與權力:布赫迪厄的社會學》(上海:上海譯文出版社,2006年),頁114。

熟。白先勇雖然和夏濟安身處兩個時代，也是師承關係，但他們兩人的人生軌跡與內在特質十分具有相似性。夏濟安早年從大陸來臺，也同樣經歷輾轉流離，再後來去了美國，一去不復返。白先勇的人生軌跡也很相似，但是白先勇的「群體榮譽感」遠遠超過他的老師，以致於他在臺灣文學場域的深耕與貢獻是更為實際而長久的。除了創辦《現代文學》，白先勇也成立晨鐘出版社、推廣崑曲藝術；而在《現代文學》完成時代使命後，又再度四方奔走，籌備成立《聯合文學》雜誌，而今《聯合文學》竟也走過了它的二十多個年頭。夏濟安創辦《文學雜誌》受「京派」朱光潛影響，白先勇早年啟蒙於京派的國文老師李雅韻，這些所謂「京派」的影響，可能更多是來自那些轟轟烈烈的文化行動、學院氣質、與民族文化傳承之間那種青年人共同的內在榮譽感。但兩人之間的差異還表現在，夏濟安似乎更醉心於學術研究，對於一個期刊的運作並不熱心，白先勇比夏濟安某種程度上更為具備文學行動者的「天分」和本能，這可能也是《現代文學》創辦二十年來影響巨大的原因之一。從夏濟安到白先勇在文學行動上的對比和參照，這對師生代表六〇年代臺灣文學場域學院派行動者中的一組「典型」：一種來自教育機構針對多極化社會採取的文化策略性反應，其中包含著參與者家庭文化背景構成中的「習性」原則──「民族（或文化）榮譽感」，而這樣的行動者還有許多，也許不站在聚光燈前，也絲毫不影響他們在臺灣前仆後繼、為了尋找和建構一個新的身分認同所做的文學努力。

第六章
都市裡的外來者：存在主義式的《臺北人》

一　大都市與外來者

　　不論是倫敦、巴黎、柏林還是紐約，一個現代化的大都市通常既能為傳統文化提供場所並樹立標準，也能容納新的群體對於統治者樹立的文藝標準進行挑戰。作為「現代主義」思潮的土壤與立足點，大都市供備了一切可能性的因素。在大都市的文藝群體經常出現這樣一種現象：一旦那些對抗文化霸權的群體逐漸贏得關注時，很快會出現許許多多以另一種形式背離的群體。他們與傳統或標準未必是對立關係，但其行動的導向一定是背離。所以大都市作為現代主義的立足點僅僅是提供了一個背景，在這背景之下產生了群體之間爭鬥（很多是隱藏的競爭），其焦點是哪一個文藝團體能創造出一般被稱為「現代藝術」的產物。若一個文藝團體並沒有這樣的「現代性」創造，即便有激烈的現代性口號，我認為並不能謂之「現代主義文藝機構」。並且除了文藝作品風格之外，這種團體之間的競爭更重要的是在大都市內的場域實踐。因為只有在大都市中才具備這種實踐的條件，也使他們能夠像歐洲啟蒙思想家所期望的那樣，在接受現代性的基礎上超越現代性，又在反思現代性的基礎上擁抱現代性。

　　臺北在短短六年（1945-1951）的時間內歷經了複雜的社會局面，

即三種政/經場域的變換和交替，促成了臺北多元化的社會和文化流動性。其都市化進程早期雖與日本帝國主義有一定關係，但作為殖民統治地區，文化和財富的集中相對有限，主體經濟仍以農工業為主，產銷地也以日本為主。國民政府接手後的初期並未對臺北的城市化建設有實質的幫助，反倒在一九四五到一九四九年間給臺灣經濟帶來重大災難。直至一九五一年美國介入進來，開始對臺灣進行經濟援助。在一九五一到一九六五年期間，美國經濟援助目標從保障美國國防安全漸漸轉為發展臺灣自主經濟。一九六〇年臺灣的經濟開始突飛猛進，作為《現代文學》誕生的一年，美援經濟與文化扮演著重要角色，使得這個混雜的大都市在資本主義發展的過程中，獨特地吸引各種階層和文化背景的人口。那些在場域裡主張「文學現代主義」的藝術家、作家，及學者、思想家，大多離鄉背井，不得不在這複雜的環境中思考，如何重新面對本民族文化和殖民後的社會。當這些作家開始創作的時候，其思想體系、技術手法、視覺傳統及語言，都會追求一種全新的感覺結構，區別於那些傳統甚至在一定階段內有過反傳統經歷的共同環境，從而建立起真正屬於這個城市內的文藝體系，完成自我的實踐。

所以回到主題層面上來看，身為移民的外省作家確實以一種明顯的創作方式構成「陌生感」和「距離感」等文藝作品中各種要素的基礎，作為外省人的生存狀態和經歷無形中會成為內化的一部分，這其中自然也包含了「異化」的部分。《現代文學》中外省作家代表有白先勇、李歐梵、王文興，以及海外回來的僑生如葉維廉、劉紹銘、戴天等。歐陽子、陳若曦等人雖是本省人，但都是在光復之後才接受西式教育，面對複雜多元化的臺灣社會，與外省作家一樣，在財富集中和資助的各種機會方面都渴望從固有的文學傳統中脫離，吸引新的受眾、建立新的受眾——從第一期他們推介卡夫卡的時候就已經明確這

一實踐。從今日回顧歷史，他們也確實做到了建立新的受眾，甚至達到影響臺灣文學走向的階段性任務。

　　儘管這些作家同樣身處「文學現代主義」的場域，但現代性具有許多不同要素，必須從不同的作品和立場中發現特定的文化和情景。比如我們考慮臺北當時的戰後氣氛和陰影，客觀環境造成了人的疏離、異化、沒有歸宿感等主觀的感覺。當時的臺灣背景和歐洲存在主義產生的時代背景略為相似，都是戰後時期，都和資產階級的「無家可歸」感有關，只是與西方圍繞宗教信仰有所不同的是那些「父兄建立的舊世界瓦解崩潰」。[1]

　　第一期主張力推卡夫卡的王文興就是從福建來的外省作家，後來主要負責《現代文學》的編輯工作，期間去了美國愛荷華大學從事研究並獲得碩士學位，至一九六五年回國一直在臺大外文系教書。王文興的作品極具存在主義風格，今天學界對他的作品有兩種解讀：一是從文本出發來解讀他與西方作家的內在聯繫；另一是在研究《現代文學》的時候以人文關懷角度來衡量他的作品。從現代主義思潮在臺北作家群中間產生的影響來看，王文興對於西方現代主義大師的作品有較早自覺意識的推介是一大貢獻。《現代文學》第一期在刊出卡夫卡之後，受到許多讀者「讀不懂」的反饋，在《現代文學》第二期，王文興就明確提出推介西方現代主義作品的用意，意在使大眾重新學習並接受此一新的文學流派，並強調「非要震動臺灣文壇不可」[2]的決心。緊接著《現代文學》一口氣再推出湯瑪斯・曼（Paul Thomas Mann）、喬伊斯（James Joyce）、勞倫斯（D.H. Laurence）等作家作

1　白先勇：〈《現代文學》創立的時代背景及其精神風貌〉，摘自《現文因緣》〈序〉（臺北：現代文學雜誌社，1991年）。

2　參見《現代文學》第二期〈編後〉（1960年5月）。

品，這樣連番轟炸式推介，在當時保守的臺灣文化場域是很前衛、很冒險的嘗試。王文興對「文學現代主義」的持續引介，客觀上奠定了《現代文學》作為「文學現代主義」場域中「先知」的角色。

王文興在早期的短篇小說創作裡就出現他一貫主張的「象徵性寫實（symbolic realism）」的創作手法，比如發表在《現代文學》第三期的〈玩具手槍〉，講的是一個生日宴會上主人公胡昭生被同窗鍾學源以手槍指頭威脅，被逼著承認自己曾經向一位女生求愛被拒的羞恥之事。手槍只是玩具手槍，眾人哈哈一笑似乎歸於平靜，但主人公胡昭生卻開始暗中尋求報復，但是每次報復的結果都是失敗，最終他在近乎屈辱中離開了宴會。玩具手槍作為一個象徵符號，變相成為一種審判工具，將一個日常人們所熟悉的生日宴會變得陌生與疏離，具有某種「卡夫卡式」的對外部世界的恐懼和抵觸。而胡昭生原本就害怕出席這樣的宴會，參加了又盼望能夠早些結束，這種矛盾複雜的心態使他感到屈辱。

王文興不僅在《現代文學》推介卡夫卡，也重點推介了存在主義代表作家卡繆。《現代文學》曾經為卡繆做了兩次的專題。[3] 在評論卡繆的《異鄉人》時，王文興論到了存在主義文學的主要兩個特點：第一是「一種質疑的精神，或者說是一種否定的精神」；第二是「濃厚的思考精神」。他斷言，「任何文學作品一旦涉及剛才所說的兩個特點，在風格上，我們就可以界定它是存在主義的文學。」[4] 而他本人創作了近二十四年的長篇《背海的人》就極具這種否定和反思精神的存在主義風格。一大段憤怒的獨白，一個被放逐的獨眼老兵，一個不

3　分別是《現代文學》第30期與第43期。

4　王文興：〈異鄉人：存在主義文學的特色〉，載《王文興的心靈世界》（臺北：雅歌出版社，1990年），頁126-127。

毛之地的窮破漁港，對於自身存在的思考，構建出一個看似荒誕的小說世界。小說名為「背海」的人，描寫的其實是強烈的背離感和孤獨感，發生在主人公「爺」身上的一切似乎都是必然的，必然的孤獨、必然的一身傷病、必然的居住環境，「只夠主人公睡覺的地方，但睡覺的地方卻有尼采（F.W. Nietzsche）的《查拉圖斯特拉如是說》等西方書籍」，以及必然的死亡。只是與西方的宗教環境不同，臺灣現代作家在涉及到存在主義的時候，主要是傾向於沙特、卡繆等無神的存在主義，所以作品的主人公一般難逃虛空宿命的悲劇。

　　細究今日對於《現代文學》作品的一些批判，論者咸謂作品脫離社會現實云云。但王文興強調自己「注重藝術良心高於社會良心」[5]，這也多少說出他的作品並不能單以社會現實的人文關懷視角來解讀。正如卡夫卡的作品也不適合從歐洲社會現實之「人文關懷」的角度來作解讀，那太淺薄，並不代表他的作品與現實脫節；相反的，現代主義很多帶有荒誕性和實驗性的作品恰恰是基於現實經驗而產生的，充滿人文關照。王文興在寫給歐陽子編的《《現代文學》小說選集》的序中（其實是一封寫給歐陽子的信）[6]強調，生活經驗有兩種，一種是現實的，一種是浪漫的。浪漫的多是革命、戰爭、饑餓、五角戀愛、重婚等等並非人人可得的經驗，而他自己「只是現實經驗的信徒」，普通人的周遭事故，如成長、職業、婚嫁、生老病死都是普通作家可以採用的，而他認為這一類以現實經驗出發作家就包括卡夫卡、喬伊斯等現代主義大師級的作家。

　　除了王文興之外，同期的作家如叢甦，也深受卡夫卡的影響。歐

5　王文興：《星雨樓隨想》（臺北：洪範書店，2003年），頁105。

6　王文興：《《現代文學》小說選集（一）》〈代序之二〉（臺北：爾雅出版社，1977年），頁21。

陽子所編輯的《《現代文學》小說選集》第一篇便是叢甦的短篇小說
〈盲獵：一個聽來的故事〉。小說講的似乎是五個盲人獵手去森林裡
打獵，內容所根據的都是其中一個盲人第一人稱的內心獨白，及耳朵
裡所聽到的來判斷，整個故事猶如一場夢境。其主題顯然也是在探尋
人類存在的問題，編前點評也認為小說中作者「一再使用『盲』、『看
不見』『迷失』『漆黑』等文字是暗示人類自我掙扎的盲目與無用」。
此外，又以「很久很久以前」、「白眉白鬢的老人」等語，影射這種茫
然與迷失「是人類自古以來的永恆處境」。[7]而叢甦在小說發表完的後
記中明確說明這篇小說是受到卡夫卡的影響：

> 讀完 Kafka 的一些故事後，我很感到一陣子不平靜，一種我不
> 知道是什麼的焦急和困惑，於是在夜晚，Kafka 常走進我的夢
> 裡，伴著我的焦急和困惑。於是，在今天晚上，以一個坐姿的
> 時間，我匆匆地寫完了這個故事。[8]

一個好像是很古老的、聽來的故事，卻使作者向內探索自我存在的荒
誕性。就像卡繆所說的，「一個能夠用理性解釋的世界，不管有什麼毛
病，仍然是人們熟悉的世界，但是在一個突然被剝奪了幻想和光明的
宇宙裡，人感到自己是陌生人。」[9]作為主體的人，因此變得飄游無
據，且無所依歸。在一種卡夫卡式的焦急和困惑中，《現代文學》的年
輕作者開始本能地借助文學創作來思考自我的存在與世界之間的問題。

7　歐陽子主編：《《現代文學》小說選集》（臺北：爾雅出版社，1977年），第一冊，頁
　　39。

8　歐陽子主編：《《現代文學》小說選集》（臺北：爾雅出版社，1977年），第一冊，頁
　　45。

9　〔法〕卡繆（Albert Camus）：《西緒福斯神話》（香港：三聯書店，1987年），頁15-
　　16。

二　存在主義與「臺北人」

　　我認為一個文學團體中雖然創作風格會因各人的氣質而有所不同，但寫作的觀念勢必會互相影響，具備內在一致性。這種異鄉人的孤獨感不但王文興和叢甦的作品裡可以看到，甚至學界認為具古典主義風格的白先勇的作品裡，也充滿著這種存在主義的境遇感，這可能是促成寫作〈寂寞的十七歲〉[10]及《臺北人》系列的重要原因。「孤獨」可以視為〈寂寞的十七歲〉這篇小說的主題，但從這篇小說中可以發現白先勇很早就有意識地描寫臺北的城市變遷，與人漂泊的「存在感」形成鮮明的對照。小說中的「我」自稱愛扯謊，撒謊不必經過大腦，別人問他念什麼學校，在南光中學讀書的他偏說是建國中學（「我」的小弟正在讀的名校）；乘公共汽車常常掛著建中的領章，手裡挾著范氏大代數。「不要笑我，我怕人家瞧不起。」這個「我」還喜歡自言自語拿著電話的聽筒講個把鐘頭，但是家中父母、小弟都無人理解「我」的心情。

　　在一個大都市最初開放的時候，「文學作品」和「城市」的關係並未有固定的聯繫，但是各種傳播媒介在城市的出現，勢必會重新來規定文藝，使得文藝受到傳播媒介的影響。從〈寂寞的十七歲裡〉的一些場景和細節描寫可以窺見傳播媒介的影響在臺北開始出現。比如描寫男孩子的時候，他們是：

> 聒聒不休談女人經，今天泡這個，明天泡那個。要不然就扯起嗓門唱流行歌曲，有一陣子個個哼「Seven Lonely Days」，我聽不得這首歌，聽了心煩。

10　《寂寞的十七歲》刊於《現代文學》第11期（1961年）。

　　過一陣子，個個抖著學起貓王普里士萊，有兩個學得真像。我佩服他們的鬼聰明，不讀書，可是很容易混及格。

描寫女孩子的時候則說：

　　我們班的女生，都不大規矩似的。大概看多了好萊塢的電影，一點大年紀，渾身妖氣，我怕她們。

而描寫「我」自己的時候，則是「看了《欲望街車》回家難受了老半天，」因為搞不懂馬龍‧白蘭度（Marlon Barndo）對費雯‧麗（Vivien Leigh）為什麼那麼殘忍，「費文麗那副可憐巴巴的樣子，好要人疼的。」

　　「我」對男生魏伯揚的感覺就很好，卻因為二人交往過密遭到了班上學生的非議，「我」又陷入了孤獨之中。而當國文老師出了「我的志願」這個作文題目的時候，「我」的志願則是「剃髮為僧，隱居深山野嶺，獨生獨死，過一輩子。」國文老師給了「我」一個丙，批：「頹廢悲觀，有為之現代青年，不應作此想法。」顯然老師也並不理解「我」的真正想法。

　　等到女生唐文麗主動與「我」親密接觸的時候，「我」嚇得落荒而逃，但卻又感到她的好，於是寫信給她向她道歉，表示自己一定要對她好些，希望她能做「我」的朋友，然後「我」又告訴她「我好寂寞，好需要人安慰。」結果次日發現這樣的話被人抄在黑板上。在被男生嘲笑又毆打之後，「我」逃出了學校，卻又在新公園裡遇到了一個同性戀男子，對話中仍不忘提到美國電影的事。

「你剛才買哪家的電影票。」他問我。

「新生，《榆樹下的欲望》。」我說。

「哦，我昨天剛看過，還不壞，是部文藝片。」他說。

等到「我」發現男人也居然像唐文麗一樣對我做出親密動作的時候，「我」跑出新公園並且產生自殺的念頭，「趴到鐵軌上去過，有一輛柴油快車差點壓到我身上來。我滾到路旁，嚇得出了一身冷汗，跑了回來。」

從這部小說裡能夠發覺現代主義的關鍵文化因素的確是大都市，實際上不論是「貓王」也好，好萊塢電影也好，對這個城市的外來者而言，這一切媒介所傳輸、強化的文化逐漸會成為一種主導，構成他們生活中第二種共同語言，這些語言就成為了一種媒介，即使「我」和他們同在臺北，還有著第一種共同的漢族語言，但是由於大都市的各種新關係的湧現，包括電影、廣告、流行音樂等等新興的元素，都強化了一個孤獨者在城市裡的陌生感和距離感，與父親的威權、母親的哭泣，小弟的優秀，以及男生的嘲笑，女生的「不大規矩」一同聯手，成為強化一個城市外來者的壓力。

一九六五年起，白先勇開始在《現代文學》刊發《臺北人》系列，至一九七一年共刊發了十四個短篇，其中如〈永遠的尹雪艷〉[11]、〈遊園驚夢〉[12]、〈金大班的最後一夜〉[13]成為膾炙人口的經典，其中幾篇可能也是白先勇被人貼上古典風格標籤的原因。但不管是〈永遠的尹雪艷〉裡冷艷的尹雪艷，還是〈遊園驚夢〉裡的錢夫人，實際上都是

---

11 刊於《現代文學》第24期（1965年4月）。

12 刊於《現代文學》第30期（1966年12月）。

13 刊於《現代文學》第34期（1968年5月）。

被置身於臺北這個背景來描寫的，這是這些作品之所以形成衝擊力的重要因素。本質上這是寫一群臺北的外來者虛無的存在。尹雪艷和錢夫人及圍繞他們身邊的這些人，都從大陸遷臺，但是卻仍在生活的方方面面試圖營造一個和過去相似的環境，使得這類《臺北人》在一個現代化的都市裡顯得極其既夢幻，又格格不入。這些《臺北人》系列並未過度強化大都市發展的力量，而是重在描寫存在的「過去」，而這些「過去」又存在於「現在」的臺北時空，於是產生了一種間離的效果，導致了夢幻和荒誕感。說到底這是對這個城市的這些外來者崩潰、失敗和挫折的描寫（但我不認為他有諷刺）。表面上這是現實的人文關懷，本質上是存在主義的虛無感與困惑感。其實現代主義作品的重點並不是以內容和題材來衡量他的現代性，而是他的技巧、形式是否與現代性有關，其中自然包括他的立場和方法。〈遊園驚夢〉的名字是雖是古典崑曲的名目，但其實寫作的手法充滿了意識流，也隱含了諷刺性。比如小說開始從錢夫人的視角有大段的場景描寫，「左半邊置著一堂軟墊沙發，右半邊置著一堂紫檀硬木桌椅，中間地板上卻隔著一張兩寸厚刷著二龍搶珠的大地毯。沙發兩長四短，對開圍著，黑絨底子灑滿了醉紅的海棠葉兒，中間一張長方矮几上擺了一隻兩尺高天青細磁膽瓶，瓶裡冒著一大蓬金骨紅肉的龍鬚菊。右半邊八張紫檀椅子團團圍著一張嵌紋石桌面的八仙桌。」讀這些大段的看來像是中國古典小說裡的白描，實際上當我們一想到這是發生在六〇年代臺北背景下時，整個「白描」就富有了荒誕感和陌生感。並且文中這些闊太太們不斷提到和臺北無關的南京、夫子廟、中山陵、梅園新村、綠柳居那些過去的事，並且旗袍的長短、崑曲的唱腔仍是這些姨太太生活的中心和主題，似乎總是不願意和眼下的臺北發生任何關係。類似的情形也發生在了〈永遠的尹雪艷〉裡，說到「尹雪艷的公館一向維持它的氣派。尹雪艷從來不肯把它降低於上海霞飛路的排

場。出入的人士，縱然有些是過了時的，但是他們有他們的身分，有他們的派頭，因此一進到尹公館，大家都覺得自己重要，即使是十幾年前作廢了的頭銜，經過尹雪艷嬌聲親切地稱呼起來，也如同受過誥封一般，心理上恢復了不少的優越感。」

這一場夢境，在《遊園驚夢》最後一刻曲終人散時才從兩個太太的對話中不情願地驚醒。

　　「錢夫人的車子呢？」
　　「報告夫人，錢將軍夫人是坐出租車來的。」
　　「你這麼久沒來，可發覺臺北變了些沒有？」
　　「變多嘍。」……「變得我都快不認識了——起了好多新的高樓大廈。」

白先勇的《臺北人》系列雖然描寫社會現實，也在一些作品中用了一些古典主義技巧，但我認為其現代性的特點反而更為明顯。因為並不是對於大城市的現代性作出回應的一般主題，才能構成現代主義的東西。白先勇描寫的恰恰是一班和現代性無關的人，卻以另一種方式在訴說城市的現代性。這一系列的作品以觀察他人的方式，對於自身的存在感產生了懷疑，那些似乎不願意面對現實的人群，陌生感和異化的特質，慢慢在小說中顯現出猶如夢中的存在感，這對於現代藝術技巧來說，是一個主要的參照。

作為《現代文學》推介的大師，喬伊斯《都柏林人》的概念多少有被《臺北人》借鑑，但是在描寫反抗權威的不同之處，喬伊斯更多的是面對家庭信奉的天主教系統。白先勇的反抗多是則是他所說的思想上的傳統。二者最大的相似之處，當時都是以城市為背景，描寫裡

面的形形色色的人。喬伊斯的意識流手法在白先勇面對那些仍舊活在
傳統裡的《臺北人》時，得到了極好的應用，比如在描繪尹雪艷公館
裡打麻將的一幕，實際上就是在描寫《臺北人》的生存百態：

> 在麻將桌上，一個人的命運往往不受控制，客人們都討尹雪艷
> 的口采來恢復信心及加強鬥志。尹雪艷站在一旁，叼著金嘴子
> 的三個九，徐徐地噴著菸圈，以悲天憫人的眼光看著她這一群
> 得意的、失意的、老年的、壯年的、曾經叱咤風雲的、曾經風
> 華絕代的客人們，狂熱地互相廝殺，互相宰割。

這些的境遇就像卡繆在談到荒誕的時候所說的：「他的境遇就像一種
無可挽回的終身流放，因為他忘卻了關於失去了的家鄉的全部記憶，
也沒有樂園即將來臨的那種希望。這樣一種人與生活的分離，演員和
環境的分離，真實地構成了荒誕的感覺。」所以白先勇的《臺北人》
系列不僅使用了喬伊斯的意識流手法，顯然也受到了存在主義文學的
影響。

　　《臺北人》系列結束於最後一篇的〈國葬〉[14]，這篇小說既可視
為白先勇個人經驗（其父白崇禧的去世被蔣介石以國葬規格對待），
也可視為外來者《臺北人》所尋找的歸宿感的一次徹底埋葬：

> 桓桓上將。時維鷹揚。致身革命。韜略堂堂。北伐雲從。惟幄
> 疆場。同仇抗日。籌筆贊襄──

這是〈國葬〉中對於李將軍的祭文，但是之於臺北卻都已顯得遙遠和

---

14 刊於《現代文學》第43期（1971年5月）。

陌生。就連小說的結尾也是結束於一個回憶，當跟隨李將軍的副官由士兵的一聲「敬禮——」的時候，再一次想起了南京，想起「抗日勝利還都南京那一年，長官到紫金山中山陵去謁陵，他從來沒見過有那麼多高級將領聚在一塊兒。」但是一聽到「敬禮」的口令，他還是「不自主地便把腰杆硬挺了起來，下巴頦揚起，他滿面嚴肅，一頭白髮給風吹得根根倒豎。」

　　白先勇在十四篇的短篇小說裡著力描寫了雖然是臺北社會的眾生相，但正如歐陽子在〈白先勇的小說世界：《臺北人》之主題探討〉[15]一文裡所認為的，《臺北人》裡面只有兩個主角，一個是「過去」，一個是「現在」。「過去」是中國舊式單純、講究秩序、以人情為主的農業社會，「現在」是複雜的，以利害關係為重的，追求物質享受的工商業社會。「過去」是大氣派的，輝煌燦爛的中國傳統精神文化，「現在」是失去靈性，斤斤計較於物質得失的西洋機器文明。「過去」是純潔靈活的青春。「現在」是遭受時間汙染腐蝕而趨於朽爛的肉身。

　　除了對《臺北人》的評價外，我更關心同為《現代文學》的創辦者，本省人出生歐陽子對於《臺北人》裡面所表達的異鄉者之態度。從她的評論裡我們看到的似乎是對「過去」的讚賞和對「現在」的否定，但在另外一篇從〈《臺北人》的缺失說起〉[16]的文章裡，她應讀者的要求站在「今日一般人的立場，用理性批判態度」對《臺北人》有一些評價，如「『過去』不見得真那樣美，那樣充滿活力和光榮，『現在』也不見得那樣醜，只剩下腐朽和敗亡。……『靈』『肉』不必如此對立。『現實』未必醜陋可鄙。」等等。歐陽子同時也強調，作者的描寫是基於其人生觀，並無正確和錯誤之分。然而不可否認的是，

---

15 收錄於《白先勇文集》第二卷（廣州：花城出版社，2000年）。
16 收錄於《白先勇文集》第二卷（廣州：花城出版社，2000年）。

以白先勇為首的《現代文學》作家群在六〇年代中由於面對臺北的現實處境，對於存在的處境產生了沉思。這與西方思潮中宗教系統崩塌所產生虛無感雖有不同，但又有相似之處，都是使人從許多外在的事物中轉向了自我的存在，既精研自我，又排斥自我，產生面對現代社會的一種孤獨感，使他們在臺北的都市化中，效法了他們所推介的卡夫卡、沙特、卡繆等人，構成了在東方一角的存在主義式的《臺北人》。

下　篇
文學公共領域與現代藝術機制
　　——「明星」咖啡館與
　　　　臺北「文學界」

第七章
咖啡館作為「文學公共領域」的雛形與背景

一　咖啡館在歐洲與公共領域的形成

　　三○年代和六○年代臺灣的知識份子，受到西潮的影響，「泡咖啡館」成為他們日常生活和社交的內容。咖啡館為什麼如此吸引知識份子？當我們想到大都會巴黎的知識界，幾乎同時就會聯想到塞納河畔的「左岸咖啡（Café en Seine）」，想到存在主義的沙特、波娃（Simone de Beauvoir），詩人波特萊爾或小說家福樓拜。咖啡特殊的香氣使人振奮，令人頭腦清醒，在這裡知識分子思辨能力得到充分發揮，咖啡館裡無論是高談闊論或是安靜寫作，總是一種優美、高尚的「姿態」，是一個純粹「智性群體」的象徵。咖啡館總是被人理解為西方現代性的產物，白先勇也曾說，咖啡館對東方人來說是「洋玩意兒」。但事實是，咖啡館最早是出現在阿拉伯世界，那時候就已是知識分子及受過高等教育的群體彼此聚集、交流的地方。然而歐洲人最早談到有關中東咖啡屋的文獻，往往語帶嫌惡。[1]當然這可能只是又一個挑戰「東方主義」觀點的微小聯想。區域研究經常作為被中心想像的「他者」，於是我們書寫現代性起源所涉及的東／西、中心／邊緣的論辯時，總是無端地感到警覺。

---

[1]　吳美枝：《臺北咖啡館之研究——以文人活動為中心的探討（1949-1989）》（桃園：中央大學歷史研究所論文，2004年6月），頁13。

在十五世紀的伊斯坦堡，咖啡館被人稱為「智慧學院」，因為當時有許多教育水準較高的文人來此聚集，並圍繞各式各樣的文化議題進行公開的討論。當時比較著名的咖啡館有卡奈咖啡屋（Kahveh Khaneh）、大馬士革的玫瑰咖啡屋（Café of the Roses），以及阿勒坡的救世之門咖啡屋（Café of the Gate of Salvation），和君士坦丁堡的卡內斯咖啡屋（Kahveh Kanes）。[2]

咖啡館之所以最早會出現於阿拉伯國家，與回教徒的宗教生活習慣密切相關。由於當時阿拉伯世界的回教徒被禁止使用酒精飲料，所以在上述提到的這些阿拉伯世界的城市裡並沒有酒館之類的交際場所，咖啡館的出現正好彌補了這一空缺，使得咖啡館一度非常盛行。然而，這樣的盛行很快就引發當局統治者和宗教團體的緊張。畢竟人們到了咖啡館不光是為了喝咖啡，也是為了「聚集」，進行思想交流。統治者所擔心的自然是人們在咖啡館裡的交流是否會形成某種反動的政治言論，以至於成為滋生秘密謀反的地方。與此同時，影響政治的宗教勢力則開始重新審視咖啡這種飲料的功能和性質，是不是符合回教法典。在這雙重勢力的干涉之下，當時許多的穆斯林國家開始頒布了喝咖啡禁令。回教聖城的麥加分別於一五一一年、一五二四年禁止消費咖啡，伊斯坦堡也周期性地禁止消費咖啡；蘇丹穆拉德四世甚至處死過一些咖啡客。君士坦丁堡的掌權者也擔心咖啡館的反動言論會影響帝國擴張計劃，下令關閉咖啡館，凡捉到喝咖啡的人，就罰以棍刑，若再犯則被裝到皮革袋中，丟入柏斯普魯斯海峽。[3]在咖啡盛行的今日世界，很難想像在咖啡在歷史上曾被視為「禁忌」的象徵。

2　吳美枝：《臺北咖啡館之研究──以文人活動為中心的探討（1949-1989）》（桃園：中央大學歷史研究所論文，2004年6月），頁13。

3　Mark Pendergrast, *Umcommom Ground: The Histroy of Coffee and How It Transformed Our World* (New York: Basic Books, 1999), p. 8.

　　咖啡於一六一五年抵達了威尼斯，一六三四年出現在巴黎。當時十七世紀的歐洲正處於「理性主義（Rationalism）」的時代，許多中產階級分子在新興的生活和工作方式上影響了整個社會的運作機制，而咖啡的出現恰恰迎合了當時理性主義的原則。根據希維爾布奇（Wolfgang Schivelbusch）的觀點，十七世紀以前人民大多在室外工作，但十七世紀之後中產階級開始運用腦袋工作，這種新的生活方式和工作的方式影響了整個社會的運作機制，在這層關係上，咖啡館的功能就像是一種歷史性的重要藥劑——咖啡可以刺激心靈，使人保持清醒，以確保工作時間的增長及工作效率的提升，理性主義原則藉由咖啡進入人類的社會，使得一個理性的、中產階級的、積極的現代社會出現了。[4]

　　啟蒙時代的歐洲咖啡館作為非正式的組織，在傳達思想和交流上起到了非常重要的作用。與當時流行的沙龍相比，咖啡館逐漸顯得更為自由和平等，人們不需要經受沙龍的某種資格認證就可進入咖啡館，不論信仰、宗派和地位如何，人人都可以進入，作為一個平等者參加辯論和討論。所以那個時候的歐洲咖啡館對知識分子的生活產生了重要的作用，不僅文人在那裡聚集，許多報紙和雜誌的閱讀討論，也開始逐漸在咖啡館裡出現。

　　英國咖啡館的老闆愛德華・勞埃德在運營咖啡館的時候，逐漸意識到了顧客來泡咖啡時的主要目的還不是咖啡，更重要的是對「信息」的需求。這是咖啡館的作為「媒體」傳播特質的開端。於是在一六九六年，他在咖啡館裡發行了「勞埃德船舶日報」，內容涉及船隻到港、離港信息、船上及海上情況。這些信息由港口的一些記者提供。後來，報紙上信息範圍不斷擴大，不僅包括船舶，也包括了外國

4　〔英〕希維爾布奇（Wolfgang Schivelbusch）著，殷麗君譯：《味覺樂園：看香料、咖啡、菸草、酒如何創造人間的私密天堂》（臺北：藍鯨出版社，2001年），頁41-44。

的市場、股票行情等等。

　　十八世紀中葉在啟蒙思想的影響之下，咖啡館開始被當時的巴黎人視為「民主之飲」。巴黎咖啡館開始流傳「上流社會代表的是特權，而咖啡館代表的是平等」這句口號。喝咖啡逐漸由屬於文人雅士與上流貴族的流行文化，轉變成了當時巴黎人的日常生活習慣。巴黎咖啡館裡的作家群也透過咖啡館將其所要表達的知識意念傳送到巴黎人民的耳裡。[5]咖啡館開始演變成為了聚集人們討論公共事務的「公共領域」，尤其是一七八九年的法國大革命，幾乎與咖啡館裡的謀劃是分不開的。咖啡館內所醞釀出來、日益高漲的民意，為法國大革命埋下了種子。在大革命前夕，許多當時的革命領袖經常出入一家名叫「Foy」的咖啡館。法國的大革命的導火線，就是從這家咖啡館激烈的演講開始的。一七八九年的七月十二日，法國記者、政治家卡米耶・德穆蘭（Camille Desmoulins）跳上皇宮花園中一間咖啡館外面的桌子，向人們宣布改革者大臣內克（Jacques Necker）被路易十六（Louis XVI）免職的消息。他的公開演講激發了公眾的激情，大喊「武裝起來……我們得救的唯一希望，就是起身戰鬥！」於是巴黎城內開始起義，十四日，巴士底監獄被攻陷，法國大革命爆發。所以，法國大革命可以說是由咖啡館的集會中醞釀出來的，而這家 Café Foy咖啡館則是革命的第一現場。[6]

　　傳聞法國大革命前，還是軍官的拿破崙也常常出現在巴黎著名的普羅柯佩咖啡館（Le Procope）下棋；而被稱為「歐洲咖啡館作家第

5　吳美枝：《臺北咖啡館之研究──以文人活動為中心的探討（1949-1989）》（桃園：中央大學歷史研究所論文，2004年6月），頁13。

6　王士文：《咖啡精神──論法蘭西咖啡館文化的形成與轉變》（湖南：嶽麓書社，2007年），頁107-109。

一人」的艾騰伯格（Peter Altenberg），曾在當時寫下自己對咖啡館的
看法：「你如果心情憂鬱，不管是為了什麼，去咖啡館！」十八世紀
咖啡館在巴黎的數量達到七百至八百家之多，加上咖啡產量的猛增，
使得咖啡成為了平民消費得起的飲料，咖啡館也成了三教九流的聚集
場所。咖啡館不僅成為文人雅士的聚會地點，也是窮人的避難所。一
本當時的小冊子稱「紈綺子弟和大法官，律師和扒手」都會混在同一
個咖啡館裡，「組成一個不體統的大雜燴」[7]。可見咖啡館的作用和影
響力已經滲透到了當時整個歐洲社會。艾騰伯格也說：「我不在家
裡，就在咖啡館；不在咖啡館，就在去咖啡館的路上。」這句話現在
也已成為全球知識分子嗜喝咖啡的經典名言。

　　咖啡館的平等、公開與形形色色的雜燴世相，使得歐洲當時的許
多思想家和文人喜歡在咖啡館裡交流。以法國為例，狄德羅為首的知
識分子常常聚集在「普羅寇普」咖啡館裡籌劃撰寫《百科全書，或科
學、藝術、技藝詳解辭典》，當時法國學術界泰斗都為了這本書雲集
於咖啡館，包括思想家伏爾泰（Voltaire）、孟德斯鳩、盧梭、內克等
等。一八四〇年代，馬克思和恩格斯兩人也經常在巴黎咖啡館裡碰頭
聚會，擬定並撰寫《共產主義宣言》。[8]這些塞納河「左岸咖啡」館裡
知識和思想的薰陶，直接影響了後來「右岸咖啡」館裡的政治運動。
此外，現代藝術的發端，跟藝術家對咖啡館空間的迷戀，也有直接
的影響。諸如畢卡索（P. R. Picasso）、梵谷（V.W. Van Gogh）、莫內
（Claude Monet）等，他們都曾經把漫長的時間放在了咖啡館裡。現
代藝術形態的形成與市場經濟密切相關，他們從傳統的貴族供養機制

7　劉易士·柯塞（Lewis Coser）著，郭方等譯：《理念的人》（臺北：桂冠圖書，1992
　　年），頁22。

8　W. Scott Haine, *The World of the Paris Café: Sociability among the French Working Class,
　　1789-1914.* (Maryland: The Johns Hopkins University Press, 1996), p. 1.

中解脫出來，便轉向了市場運作的形態，藝術家也獲得了更多的自由創造和個性表達的空間。[9]

梵谷的名畫《夜間的咖啡館》把歐洲露天咖啡館那種燈光蒙昧、色彩斑斕、氣氛熱鬧的「群聚」特點表現得十分美好。梵谷說：「一家咖啡館的外景，有被藍色夜空中的一盞大煤氣燈照亮的一個陽臺，與一角閃耀著星星的藍天。我時常想，夜間要比白天更加有生氣，顏色更加豐富。」[10]這種「夜間的生氣、顏色的豐富」，都說明了十八世紀咖啡館的「平民」性格，只有基於啟蒙思想裡平等、理性、民主的交往空間實現，市場經濟的秩序化和現代性論辯意義的公共領域和市民社會才能到來。可以說，啟蒙思想敲開了咖啡館神秘的大門，它不再是「禁忌」的空間，也不是教廷眼中和情欲沾邊的洪水猛獸。咖啡館之於現代性，是和啟蒙、平等、民主、理性、浪漫、文藝等等詞彙連結在一起的。

哈伯瑪斯認為，歐洲咖啡館興盛的原因，是因為它本身就是實踐公共領域的場所之一。其「實踐的涵義」最重要的特徵，就是參與的個體自我意識在所處公共領域中的「理性思維」，經過創造性的批判和轉化，這些理性思維產生了實質的文學作品或時事評論作品。學者曾慶豹認為，在哈伯瑪斯的論述中，正因為這些文學公共領域的產生，期間所生產的文化產物便影響著多數的市民，希望藉此達到市民參與公共事務能力與權力，最終目的乃是邁向政治辯論的公共領域。當時巴黎的「左岸咖啡館」裡《百科全書》等書籍的醞釀與出版，體現的就是文人作家的多產、出版業的蓬勃、以及閱讀群眾的活躍，這

9　周憲：《審美現代性批判》（北京：商務印書館，2005年），頁76。

10　王士文：《咖啡精神——論法蘭西咖啡館文化的形成與轉變》（湖南：嶽麓書社，2007年），頁107-109。

樣的文化現象是法國大革命內在的一部分，導致了大多數市民思想上的變革，因而自然參與到了具有政治辯論空間的公共領域。

　　哈伯瑪斯解釋，國家和市場經濟關係的擴張而出現的社會的分化是一條基本路線，公共領域一直是私人領域的一部分，但它有別於私人領域，只限於與公共權力機關有關的事務，而政治公共領域以公眾輿論為媒介對國家和社會的需要加以調節。在這種公共領域所開展的政治批評中，一個介於貴族社會和市民階級知識分子之間的「有教養的中間階層」開始形成。[11]公共領域承擔了市民社會從重商主義至專制主義操控之下獲得政治解放語境當中的一切政治功能，它用公共性原則來反對現有權威，使私人物主的旨趣與個體自由的旨趣完全一致，因而很容易將馬克思所說的政治解放與人的解放統一起來。「成熟的資產階級公共領域永遠都是建立在組織公眾和私人所具有的雙重角色，即作為物主和私人的虛構統一性基礎之上。」在這種公共領域中，手抄的和印刷的雜誌成了公眾的批判工具，而首先在英國興起、繼而到一七五〇年前後在整個歐洲觸目可見的「道德周刊」起了至關重要的作用。[12]此時哈伯瑪斯將「報刊」稱為「公共領域最典型的機制」。

　　十七世紀末，新聞檢查制度的廢除標誌著歐洲公共領域發展到了一個新的階段：「理性批判精神有可能進入報刊，並使報刊變成一種工具，從而把政治決策提交給新的公眾論壇。」[13]哈氏最為推崇的報刊是十八世紀初由三位英國作家辦的融新聞、隨感、學術、娛樂等內容

11　〔德〕哈伯瑪斯（Juergen Habermas）著，曹衛東譯：《公共領域的結構轉型》（上海：學林出版社，1999年），頁35-37。

12　〔德〕哈伯瑪斯（Juergen Habermas）著，曹衛東譯：《公共領域的結構轉型》（上海：學林出版社，1999年），頁46-60。

13　〔德〕哈伯瑪斯（Juergen Habermas）著，曹衛東譯：《公共領域的結構轉型》（上海：學林出版社，1999年），頁68-69。

為一爐的雜誌：笛福（Daniel Defoe）的《評論》（*Review*），斯蒂爾（Sir Richard Steele）、艾迪生（Joseph Addison）的《閒談者》（*Tatler*）和《旁觀者》（*Spectator*）。這種報刊和咖啡館、沙龍等聚會場所構成了在政治上抗衡宮廷文化的文學公共領域（literary public sphere），文學公共領域又衍生出政治公共領域（political public sphere）。

　　一九六四年哈氏更加規範地給出了公共領域的定義：「所謂公共領域，首先意指我們的社會生活中的一個領域，某種接近於公眾輿論的東西能夠在其中形成。向所有公民開放這一點得到了保障。在每一次私人聚會、形成公共團體的談話中都有一部分公共領域生成。然後，他們既不像商人和專業人士那樣處理私人事務，也不像某個合法的社會階層的成員那樣服從國家機構的法律限制。當公民們以不受限制的方式進行協商時，他們作為一個公共團體行事——也就是說，對於涉及公眾利益的事務有聚會、結社的自由和發表意見的自由。在一個大型公共團體中，這種交流需要特殊的手段來傳遞訊息並影響訊息接受者。今天的報紙、雜誌、廣播和電視就是公共領域的媒介。當公共討論涉及與國家活動相關的對象時，我們稱之為政治的公共領域，以相對於文學的公共領域。」[14]

　　另外，哈氏對「資產階級公共領域」的基本特徵做了一番概括：

　　資產階級公共領域是一種特殊的歷史形態，它與在義大利文藝復興時期城市中的前身具有某些相似之處，但它最先是在十七、十八世紀的英格蘭和法國出現的，隨後與現代民族國家一起傳遍十九世紀的歐洲和美國。其最突出的特徵，是在閱讀日

---

14 Juergen Habermas, *The Public Sphere*, in *The Political Economy of the Media*, ed. Peter Golding and Graham Murdock (Cheltenham: Edward Elgar Publishing, 1997), pp. 3-116.

報或周刊、月刊評論的私人當中，形成一個鬆散但開放和彈性
的交往網絡。通過私人社團和常常是學術協會、閱讀小組、共
濟會、宗教社團這種機構的核心，他們自發聚集在一起。劇
院、博物館、音樂廳，以及咖啡館、茶室、沙龍等等對娛樂和
對話提供了一種公共空間。這些早期的公共空間逐漸沿著社會
的維度延伸，並且在話題方面也越來越無所不包：聚焦點由藝
術和文學轉到了政治。[15]

這段話正好為我們研究亞洲咖啡館現代性與臺北的咖啡館之於文學
界、之於《現代文學》雜誌的關係做了極佳的對照和印證。

二 咖啡館在殖民地：公共領域的文學和社會功能

咖啡館在中國的流行，是從二十世紀的二〇年代左右開始，當時
在上海出現了法租界和日租界仿效巴黎的咖啡館，形成一股文化熱
潮。最為著名的是位於在虹口多倫多路的「公啡」咖啡館，由於當時
一些高壓的政治背景，使得當時的氣氛無法像歐洲那樣的開放和自
由，唯一比較安全的就是這些租界裡的咖啡館。一些藝文界的秘密會
議都固定在這家咖啡館召開。甚至許多「左聯」籌備會和其他左翼文
化團體也在這裡召開會議，魯迅、田美、丁玲、茅盾等當時一批名作
家也都曾到「公啡」裡喝咖啡。

我們縱觀世界各地咖啡館公共領域的形成和發展脈絡，即便是最
早出現在阿拉伯世界時，咖啡館就已顯露出與政治場域對立的色彩，
導致一度被關閉和禁止。而在歐洲，咖啡館的社會功能更為顯著和關

---

15 哈伯瑪斯著，梁光嚴譯：〈關於公共領域問題的答問〉，《社會學研究》第3期（北京：
中國社會科學院社會學研究所，1999年），頁35。

鍵。哈伯瑪斯在談論到歐洲咖啡館的時候認為：

> 無論是在英國還是在法國，咖啡館具有同樣的社會功能，它們
> 首先都是文學批評中心，其次是政治批評中心，在這樣的批評
> 過程中，一個介於貴族社會和市民階級知識分子之間的有教養
> 的中間階層開始形成。

在機制上，咖啡館首先要求具備一種社會交往方式，這種社會交往的
前提不考慮社會地位問題，其中的趨勢是反等級禮儀，追求「單純作為
人」的平等，在此基礎上，論證權威才能要求和最終做到壓倒社會等
級制度的權威。因此，咖啡館可說是醞釀公共觀念的重要公共活動空
間之一，同時也是西歐社會中奠定公民社會基礎的公共領域之一。[16]

　　瞭解咖啡館在世界範圍內作為公共領域的形成和理性交往的意
義，對於研究咖啡館在臺北的興起以及對文學現代主義推波助瀾的關
鍵作用，有著不可或缺的參照作用與理論支撐。早在一九三〇年代，
咖啡館在臺北、上海、東京就被視為了現代化的表徵。一九三四年的
《臺灣日日新報》刊出了一篇標題為〈大稻埕顯著現代化——咖啡店
林立，常設劇場誕生〉的新聞稿。該新聞稿描繪了大稻埕（日據時期
臺北舊城區）躋身現代化都市的景象，咖啡館作為重要的現代化標誌
被記載。次年，「始政四十年臺灣博覽會」上，臺灣作為日本第一個
殖民地展覽其建設成果時，在製作的旅遊案內地圖，特別標示出「日
活」、「永樂」、「芳野」、「巴會館」、「美人座」、「明治」、「水月」、「森

---

16 吳美枝：《臺北咖啡館之研究——以文人活動為中心的探討（1949-1989）》（桃園：
　　中央大學歷史研究所論文，2004年6月），頁38。

永」等十三家咖啡店的位置[17]，顯示出當時的日本政府對於咖啡館的營業登記十分重視，並認為咖啡館是值得推薦國際博覽會來賓參觀的現代化場所之一。

在當時的臺北，文人泡咖啡館，在咖啡館相會，就已經是很正常的事。一九三六年郁達夫訪臺的時候，就曾經到榮町的「明治」喝咖啡，並與本地文化知識界會面。[18]二戰以前，咖啡館裡也逐漸開始了一些藝文的活動，主要由當時臺灣一些年輕的文化人所舉辦。當時處於日本殖民統治時期的臺灣，臺籍人士在許多方面還是受到了不公平的待遇。比如在學生選擇科目上，臺籍人士只允許就讀有關美術、文學、醫學等科目，涉及到可能危害日本本土利益之政治、經濟、法律等科目則不被允許閱讀，這就導致了當時正式受到日本教育培養的臺籍第二代知識分子，因為環境的壓抑，對於體制有一種抗議，當然這種抗議還是柔性的，多是利用文章、戲劇、音樂等藝術作品迂迴地抒發不滿的情緒。

一九三〇年正式受到日本教育培養的臺籍第二代知識分子大量回臺，這些在大稻埕裡留日的知識分子，不但從日本帶回了西方新思潮，也帶回了泡咖啡館談論時事的習慣。藝評家謝里法曾經說道：「當時在臺灣的知識青年獲得新思想的來源：一是間接由日本留學生吸取歐美式的民主主義。二是透過祖國大陸求學的學生輸入三民主義及五四運動的思潮。」也正因為有了這些新思想的支持，對於殖民者所施加的不平等對待愈發不平。於是不管是在政治上、文學上、藝術

---

17 沈孟穎：《臺北咖啡館：文藝公共領域之崛起、發展與轉化（1930s-1970s）》（桃園：中原大學室內設計所論文，2002年），頁58。
18 姜捷：《一頁咖啡色的文學》，摘自《聯合文學》（臺北：聯合文學，1985年2月），頁194。

上，臺灣知識分子在各方面都期望能有更多的自主權力。[19]

　　戰前時期，在以咖啡館為中心的文藝公共領域裡，美術與戲劇的表現比文學更為突出，而政治的公共領域則展現在波麗露與天馬茶房的附近，由蔣渭水領導的非武裝抗日活動基地「大安醫院」，以及位於港町街的「港町文化講座」。蔣渭水等人利用講座與設辦刊物等方式，倡導非武裝抗日活動的思想。文藝公共領域的戲劇改革運動，附近的永樂座、地一劇場上演的新劇則是由天馬茶房裡的小密室裡創造出來的。美術界的展覽活動則是集結在波麗露。這些各領域形成的公共領域多集結在大稻埕附近，形成一個臺人對抗日本統治者的區域網絡，彼此互相合作。[20]當時年輕人最常聚集的地方是波麗露。第一代的美術家幾乎沒有人不曾到過這裡，除了畫家，文學界的張文環、呂赫若、王白淵等都是波麗露的常客。

　　此時臺北的咖啡館作為公共空間，關心的問題更多是面對殖民社會下與日本文化階級收到的不公平待遇，所以爭取作品發聲的位置遠比站在何種階級傾向來的重要，但他們不排斥咖啡館在當時所呈現的現代文化象徵。而文學場域的文人們在新文學的洗禮下，將鬥爭的位置由反帝國主義落實至反社會階級的結構層次上。如本文開篇所述，一九四五年日本投降後，臺灣脫離殖民統治，人們在殷殷期盼中迎來了祖國母親的懷抱，本以為統治者能給予的是「解放（自由）」，如思想的自由，發表的自由，憲法允許的自由等等。然而一九四七年「二二八事件」的爆發使這一夢想破滅，全省爆發了大規模武裝暴動，統

---

19 吳美枝：《臺北咖啡館之研究──以文人活動為中心的探討（1949-1989）》（桃園：中央大學歷史研究所論文，2004年6月），頁105。

20 吳美枝：《臺北咖啡館之研究──以文人活動為中心的探討（1949-1989）》（桃園：中央大學歷史研究所論文，2004年6月），頁104。

治階級調集軍隊鎮壓，其中不乏大量知識分子和學生。警備司令部在一九四九年五月十九日宣布全省進入戒嚴時期（直至一九八七年才宣布解嚴），這段期間統治階級對臺灣採取軍事統治，憲法規定人民的基本自由人權，包括集會、結社、言論、出版、講學等各項自由均受到嚴格限制，之後公布「懲治叛亂條例」和「戡亂時期檢肅匪諜條例」，也在在顯見統治階級在臺灣尚未建立絕對合法性的不安全感。儘管韓戰的爆發，臺灣當局的處境轉危為安並取得統治合法性，但統治階級全面性的恐怖政策並沒有因此而停止。一九五〇至一九五四年施行的「白色恐怖」政策，使臺灣社會四處彌漫著緊張壓抑的氣氛，以至於不管是大陸渡臺文人或是臺灣本土知識分子，皆相繼噤聲，不僅不過問政治，甚至長年躲入研究的書齋，與社會疏離。而相關的文學出版環境，除了前述提到的統治階級霸權文學之外，幾乎沒有生存的條件和環境。國民黨也透過出版法的嚴格制定挾制文人的思想言論，此舉將臺灣知識文化界最後的喘息空間給剝奪殆盡。[21]

　　由於大陸戰後移民湧至所產生、空前的惡性通貨膨脹使臺灣的經濟狀況異常混亂，屬於昂貴消費的咖啡館難以生存，只有少數幾家隨著國民政府移民來臺的咖啡館，如明星、美而廉、中國之友社等，相對擁有較多的資源得以生存下來。從當時臺灣整體社會來看，咖啡館很難普及到普羅大眾的生活中去，儘管戰後臺灣歷經一九六〇至一九七〇的經濟快速成長，但平均每人國民所得仍低於世界平均值。大眾的生活並不富裕，必須省吃儉用，平日難得下館子，更遑論喝咖啡了。而且政府在當時並不鼓勵咖啡飲用，並且將「咖啡」列為奢侈品，限制進口。臺灣當局推動節約運動，並且透過報紙試圖將節約觀

---

21 吳美枝：《臺北咖啡館之研究——以文人活動為中心的探討》（1949-1989）（桃園：中央大學歷史研究所論文，2004年6月），頁44。

念植入民心。這對當時的咖啡業來說是個麻煩,要想賣咖啡甚至還要運用特殊關係,才能獲得咖啡豆。在政治高壓的情況下,咖啡館是政府權力極端涉入的場所,不管是文人和民眾,只要進入咖啡館,都會成為被「監督」的對象。儘管如此,咖啡館這個富有異國情調的西方現代產物,對一般崇尚摩登情調、喜用舶來品的人們,還是有著特殊的吸引力,因此,即使在政府政策阻撓下,咖啡還是慢慢的深入民間生活,只是步調緩慢而已[22]。

隨著渡海移民的加增,戰後臺北的人口從二十七萬急增至四十八萬,魯伯續的《海派在臺北》說到這些移民分為「南京的、廣東的、重慶的、香港的、上海的」,其中「上海派頭」在臺北這個城市上表現得特別顯著。源自大陸各種時髦行業,包括紡織廠、成衣廠、布莊、咖啡館、舞廳、餐廳、夜總會,甚至醫院等,紛紛在臺營業,只要聲明「來自上海」似乎就是品質、專業的保證。[23]除了上海而來的西式都會生活,美國也開始給臺北帶來巨大的文化影響。國民黨政府對美國的依賴,經濟援助的情形影響到了農業、經濟、教育和文化,現代化路線成為臺北建設的準則與方針。而美援文化的大量傳入,使得美國實用主義、自由主義式的西方價值觀也逐漸超越了虛無的存在主義,滲透到了當時的臺灣民眾精神和意識裡。比如美商八大電影公司在戰後初期就幾乎控制了臺灣電影院的經營,常常要求各家戲院聯映某部電影,作為宣傳手段。[24]美國透過對媒體和政經機構的控制,大力塑造「自由民主世界」的完美形象,使得多數臺灣人對美國始終

---

22 吳美枝:《臺北咖啡館之研究——以文人活動為中心的探討(1949-1989)》(桃園:中央大學歷史研究所論文,2004年6月),頁48-50。

23 《自立晚報》(臺北:自立報系,1950年(3月24日),頁3版。

24 吳美枝:《臺北咖啡館之研究——以文人活動為中心的探討(1949-1989)》(桃園:中央大學歷史研究所論文,2004年6月),頁56。

有殷羨之情。一九五〇年代起，親美、揚美成為臺灣三十年來主要的
政治、經濟、和文化政策。[25]此時，美國流行文化如披頭四、貓王、
巴布狄倫等也藉著咖啡館在臺北的興起和傳播，深化並影響戰後年輕
的一代，造成了西方文化的中心化，使臺北在六〇年代出現了知識分
子和文人大量聚集於咖啡館的景象。

　　綜上所述，我們很清楚地看見咖啡館在殖民區域作為公共領域承
載的「雙重」功能和現代性內涵：作為游離於文化場域和政治場域的
「媒介」，咖啡館可以既是「接受」又是「抵抗」的場域；一方面接
受現代化帶來的新奇、流行、曖昧等文化表徵，一方面抵抗來自尚未
完成現代化進程的、充滿霸權威懾意識之政治領域的交往干涉。

　　咖啡館在現代性質的傳播空間裡，和印刷媒體相似，它始終不是
靜態的，而是「動態的」，根據其場域不同的行動者立場做出「交
換」跟「碰撞」——無論是思潮、資訊還是小道消息，「接受」總是
為著某種新文化（或某種文化變形）的「再生產／再傳播」，這是文
學公共領域無論在實體空間（咖啡館）或印刷空間（媒體）的實踐
裡，其「中介」性質所指涉的唯一目標。

---

25 陳映真：《美國統治下的臺灣》（臺北：人間出版社，1988年），頁10。

第八章
「明星」咖啡館與六〇年代臺北「文學界」

一 「明星」咖啡館和臺北文學界

　　哈伯瑪斯認為，沙龍的地位在於知識分子與貴族相遇之處，而文學之於咖啡館，也必須給自己一個合法的地位。這些在咖啡館內醞釀的公共意見（public opinion）在特定的公共領域下經由理性辯論與思考後，所發表的口頭言說、溝通結論化為文字書寫形式，就形成公共意見——所謂「輿論」，也就有其合法性與正當性，正因如此，咖啡館一直被視為「文學上公共領域的開始」。

　　戰後臺灣由於文學體制在社會重大變革下產生嚴重的斷裂，那些日據時期頗富盛名的作家經歷了集體的「失語」，他們無法以自己流利慣用的日文寫作，即便重新學習漢語寫作，也因為不慣用新的語言與文字而難有表現。在這樣的情形之下，城市中另一批的文化階級隨之崛起並取而代之，形成新的臺北文學界。學者隱地曾經說到，這批取而代之的新文化階級，分為兩大類：一類是愛好古典文學的，傾向上館子喝兩杯，另一類是探索西洋文學的，對浪漫的咖啡館有好感。簡單來說，當時臺灣的文學界開始有兩種傾向性，一批是隨著國民政府來臺的軍民，當時處於戒嚴時期下大為倡導「戰鬥文藝」的風口浪尖，以建構國族認同與反攻復國為穩固統治政權的手段，這一類軍人

作家的大本營是「國軍文藝活動中心」，號稱軍中詩刊的《創世紀》領航人張默和彭邦禎大部分的時間裡都在此編排文藝刊物。[1]

　　另一類則是受到西方知識體系教育訓練的戰後第二代的新知識分子，他們受到西方現代主義的啟蒙，不願意文學淪為統治階級話語霸權的打手，而全面傾向西方知識體系與文學傳統，追求以文學的力量啟發國人對於現代化的思考。學者張誦聖曾說：「臺灣四九年以後文學體制受大環境影響有一些明顯印記，如早期當代中國／臺灣文學教學在教育體制裡突兀地缺席，以西方現代主義為範本的精英文學觀有效地衝擊了新文學以來的國族建構論述（或說造成了新的組合）成為主要文學批評標準；外文學術圈在引進文學思潮、批評理論上扮演了重要角色，長久以來成為當代文學創作、評論及學術研究的主要人才供應庫。」[2]

　　作為新一代西化知識分子的白先勇也曾說，六〇年代在臺北上咖啡館是一種奢侈，「有點洋派，有點沙龍氣息。」但是對於文化藝術圈的人來說，咖啡館在這一群體中的普及率則大為不同。特別是對於戰後城市中新興起的一批受到西方現代主義啟蒙的文化階級而言，咖啡館很自然地就介入了他們的生活。臺灣在戰後文學體制的轉變，直接的影響咖啡館的角色的轉變，隨著文學出版事業的專業化，咖啡館因其空間形式與所能提供的功能，成為文學生產鏈的一環，並且以趨向專門化傾向，也就是按照不同屬性、不同需求而分類的咖啡館隨之出現。

1　沈孟穎：《臺北咖啡館（文藝）公共領域之崛起、發展與轉化（1930s-1970s）》（桃園：中原大學室內設計所論文，2002年），頁131。

2　周英雄、劉紀蕙編：《書寫臺灣：文學史，後殖民與後現代》（臺北：麥田出版社，2000年），頁28。

　　哈伯瑪斯所發現並定義的公共領域，剛開始並不是對所有民眾和階層都完全開放的。他發現所謂「公共領域的參與者」是「擁有一定財產和受過良好教育」的人。而戰後的臺北市，大約有六百位的作家居住在中山堂周圍（即指從前中華路左方的城內區及右方的西門町），包括一九四九年前後遷臺的外省籍作家，以及其後臺灣在發展過程中由外縣市移入臺北都會區的本省籍作家，大量的文化名流及各種文化性機構，包括文學傳媒、出版社、以及文學性社團，大部分都設在臺北。[3]這些文化活動現場及文化消費入口，使得臺北具有充分的文化發展條件。

　　此外，一九八〇年代之前，中山堂周圍亦為臺北工商業、文教業、服務業聚集之地，根據《臺北市志》描繪，此區也是臺北市書店、咖啡館為數最多的地方。由此歸結中山堂周圍的空間文化，除了中山堂本身經常舉辦藝文活動，因而具有彙聚文化的力量外，其所在位置於臺北人口稠密處，無論在商業、文化業都相當發達，再加上臺北聚集了眾多的文人，因而醞釀出中山堂周圍強烈的文藝氛圍，使得文人咖啡館有個足以發展的空間。

　　戰後文人咖啡館主要圍繞這中山堂而設置，其中，「朝風」即位於中山堂對面的永綏街上，「明星」、「田園」則分別位於距中山堂不遠處的武昌街及衡陽街上，至於「文藝沙龍」、「作家」、「天才」、「野人」，以及「天琴廳」，則是隔著中華路一段和中山堂近距離對望。[4]

　　這個時期咖啡館隨著社會各領域趨於專業化的影響，活躍於咖啡館裡的美術與戲劇圈，則轉變為某一領域（如文學、音樂、美術）聚

3　李瑞騰：〈臺北：一個文學中心的形成〉，《文學的出路》（臺北：九歌出版社，1994，頁33。

4　吳美枝：《臺北咖啡館之研究——以文人活動為中心的探討（1949-1989）》（桃園：中央大學歷史研究所論文，2004年6月），頁74。

集產生社群的場所。於是以「音樂」為特色的如「波麗露」、「田園」、「朝風」、「野人」等咖啡館；以「文學」為特色的「明星」咖啡館、「文藝沙龍」、「作家」咖啡屋；而「波麗露」、「田園」、「朝風」、「野人」這幾家咖啡館都是因為擁有在當時堪稱先進的音響設備聞名。

在這些文人、藝術家、文藝愛好者聚集的咖啡館中，「明星」咖啡館的文學形象在文人圈中算是口徑一致，具有「永遠」的文藝象徵地位。白先勇去美國多年後返臺，不禁感嘆道：「臺北雖然變得厲害，但總還有些地方，有些事物，可以令人追思、回味。比如說武昌街的『明星』，『明星』的咖啡和蛋糕。」[5]

「明星」咖啡館最早可以追溯到戰前。在上海市的霞飛路上，也有一個「明星」咖啡館，此咖啡館與臺北的「明星」關係深厚，皆由俄國人開業，不過，臺北「明星」的俄國老闆當年在上海曾金援過上海「明星」老闆，之後來臺亦以「明星」為名，開了家咖啡館。[6]儘管咖啡被列為奢侈品，在進口上被管治，「明星咖啡館」卻透過特殊的管道弄到咖啡。在戰後初期營業期間，咖啡豆是由 CAT（民航空運公司的簡稱，Civil Air Transport）提供的，當時一些和「明星」俄國老闆熟識的俄國女人嫁給 CAT 的員工，透過這個關係請他們自菲律賓夾帶咖啡豆進來。[7]

「明星」坐落於一棟洋式建築裡，室內裝潢無論是樸素的座椅，牆上安置幾盞壁燈，床上所附的窗簾，壁間的小畫，皆突顯出洋式的整體風格，蕩漾著靜謐的氣氛，散發著淡淡的歐洲

5　白先勇：《明星咖啡館》（臺北：皇冠文化出版，1984年），頁67。

6　摘自吳美枝訪問整理：《「明星」負責人簡錦錐先生口述訪談記錄》。

7　摘自吳美枝訪問整理：《「明星」負責人簡錦錐先生口述訪談記錄》。

古風，這樣的「明星」，坐落於當時仍舊古樸的武昌街，自有一番獨特風情，引人嚮往。[8]

「明星」咖啡館自一九四九年初由白俄老闆開業，之後交給簡錦維夫婦經營，「明星」緩緩散發著日益濃厚的文藝氣息，直至一九八九年結束營業為止，堪稱臺北最後一家文學咖啡屋。根據作家雷驤的回憶，當時進出「明星」的看來都是文士，此外到後期，還有附近「北一女」學生。[9]然而，經營者簡錦維先生則表示，「明星」早期的客源主要是政治領域的達官顯貴、比如國大代表、立法委員，或是軍人將領等等，一九六〇年以後才慢慢有藝文界的人聚集於此。另外，值得一書的是詩人周夢蝶在明星咖啡館一樓門前自擺的「詩攤」，當時可謂臺北十景之一，也是臺北文人們互相認識彼此的重要據點之一。

雷驤回憶第一次到明星咖啡館，就是為了會見當時在明星咖啡館主編《文學季刊》的主編們，且在錄用後經常性的在此和其他文友會面：

> 我首次踏上武昌街明星咖啡店，在二樓中間那張灰色大理石圓桌面前，會見了主編尉天聰、陳映真、王禎和、黃春明、施叔青諸人，因為我的一篇寫犬的復仇小說──原本按例寄給七等生讀的，他將之寄給《文季》。總之，在那樣一種同人雜誌社「求才若渴」的歡迎下，此後的兩年間，我固定的寄稿發表，也即經常踏上這處如同《文季》編輯部的咖啡店二樓。[10]

8　白先勇：《明星咖啡館》（臺北：皇冠文化出版，1984年），頁63-64。

9　北一女為臺灣知名學府，全名為臺北第一女子高級中學，位於「總統府」斜對面。
　　楊澤主編：《狂飆八〇》（臺北：時報文化出版企業公司，1999年），頁256。

10　雷驤：〈咖啡室啟蒙〉，載自《黑暗中的風景》（臺北：爾雅出版社，1996年），頁62。

創立於一九五九年的《筆匯》、一九六○年的《現代文學》、一九六六年的《文學季刊》和《創世紀》、《藍星》等大小詩刊，這些六○年代崛起如星叢般的文學雜誌都是引領著臺灣現代文學向前邁進的重要指標。這些雜誌從醞釀到成形，甚至編輯到發行的流水線，很多都是在咖啡館裡完成的。所以，當時的文人泡咖啡通常不是為了咖啡，而是為了咖啡館這個空間。

　　以文學為主題的咖啡館，除了有計劃的「文藝沙龍」與「作家」咖啡屋外，「明星」與「朝風」可謂是無心插柳柳成蔭的範例。「波麗露」的文藝青年在戰後也由大稻埕轉至武昌街的「明星」咖啡館。由於咖啡店老闆的允許，使得咖啡館一開始就以親近「藝術」之勢，打入文藝圈中。然而「明星」的盛期以及日後留名於文學界的原因，不得不說拜《現代文學》、《創世紀》、《文學季刊》等文學刊物所賜，這些刊物的編輯、作家們都將明星咖啡館視為自己的「編輯室」，各自占據一隅而自得其樂，並不相互排斥：

> 黃春明、何欣、姚一葦，及現代文學開創戰將，都在這裡閃過身影。甚至《創世紀》在那裡校稿，《文學季刊》也在那裡聚會。[11]

一九五九年當《筆匯》創刊的時候，陳映真就已經和一群同仁泡在「明星」咖啡館：「《筆匯》的同仁都會在臺北武昌街的「明星」西點咖啡「坐班」，等著校稿、送稿和聯繫。」[12]因為「明星」前的騎樓有

---

11 姜捷：《一頁咖啡色的文學》，摘自《聯合文學》（臺北：聯合文學出版社，1985年2月），頁196。

12 陳映真：〈一個「私的歷史」之記錄和隨想〉，收於吳秋美總編輯：《臺北記憶》（臺北：臺北市政府新聞處出版，1997年），頁68。

周夢蝶的書攤，臺灣新詩界的詩人常常聚集於此，「明星」於是吸引了更多的文人來訪，瀏覽周夢蝶的書攤，之後再到「明星」喝杯咖啡，這就成為當時許多文人的例行享受。[13]以白先勇為首的《現代文學》一行人，也會將賣不出去的《現代文學》，一包包的提到武昌街，「讓周夢蝶掛在孤獨國的寶座上」，然後步上「明星」，喝杯咖啡，度過一個文學的下午。白先勇在〈明星咖啡館〉一文裡就有這樣的描繪：

> 那時節「明星」文風蔚然。《創世紀》常在那裡校稿，後來《文學季刊》也會在「明星」聚會。記得一次看到黃春明和施叔青便在「明星」二樓。六○年代的文學活動大多是同人式的，一群文友，一本雜誌，大家就這樣樂此不彼的作了下去。當時我們寫作，好像也沒有什麼崇高的使命感，沒有叫出驚人的口號——就是叫口號，恐怕也無人理睬。寫現代詩、現代小說，六十年代初，還在拓荒階段，一般人眼中，總有點行徑怪異，難以理解。寫出來的東西，多傳閱於同仁之間，朋友們一兩句好話，就算是莫大的鼓勵了。然而在那片文學的寂天寞地中，默默耕耘，也自有一番不足與外人道的酸甜苦辣。於是臺灣六十年代的現代詩、現代小說，靡著「明星」咖啡的濃香，就那樣，一朵朵的靜靜地萌芽、開花。[14]

一九四九年出生，曾任《聯合文學》總編輯的高大鵬說他們這一代是踏著夢土長大的：

---

13 丘彥明：〈從「波麗露」到「明星」：三十年來文人與咖啡屋窺探〉，《人情之美：記十二位作家》（臺北：允晨文化實業公司，1989年），頁188。

14 參見白先勇：〈明星咖啡館〉，《明星咖啡館》（臺北：皇冠文化出版社，1984年）。

清新的都市、現代化的風景、普普藝術、披頭四的音樂、存在
主義的文學、超現實的畫境、楚浮、高達、伯格曼他們的電
影。○○七情報員剛上市、七海遊俠出沒在電視裡、太空飛鼠
翱翔在半空中……我們是在這一種文化氛圍中長大的──新舊
交替、城鄉嬗遞、中西混合、真幻交織、夢與現實很難劃出界
限……，我們喜歡鑽進白俄風的「明星」咖啡廳，聽吉他演奏
禁忌的遊戲……。[15]

那時的青年人一味追求西方的思潮，除了夏濟安的《文學雜誌》、白
先勇的《現代文學》，從一開始就表現了對西方文學的熱情，介紹諸
如卡夫卡、卡繆、亨利‧詹姆斯（Henry James）、福克納（William
Faulkne）、湯瑪斯‧曼、貝克特（Samuel Beckett）等歐美現代作家，
期望能吸取歐美文學的形式和精華，來改造臺灣當代的文學之外，這
一群文友或大學生，也喜歡在「明星」談論著存在主義哲學，試圖確
立自己「存在」的意義。這個從一九四○至一九六○年代末風靡全球
的思想，曾經被政治現實的疏離感硬生生的鑲嵌在臺灣的精神文化
裡，直到一九七○年代才逐漸「祛魅」，此間因著存在主義而創作的
不少作品，都表達了人之存在的焦灼感、虛無感與荒謬感，以致於現
代主義文學在臺灣被定義為「失根放逐的文學」。[16]這種文化上的悲
涼，使得一九六○年代的「咖啡館」和「文學現代主義」幾乎被劃上
等號，以至後來一些本土化的敘述，將「咖啡館裡的談論」等同於
「無用的清談」，並斥之為逃避現實，指涉當時文人親近西方現代主

15 高大鵬：〈飛來樹的見證〉，載梅新等著：《繁華猶記來時路》（臺北：中央日報社，
　　1992年），頁205。
16 蔣年豐：〈戰後臺灣經濟中的存在主義思潮──以沙特為中心〉，載宋光宇編：《臺灣
　　經驗──社會文化篇》（臺北：東大圖書公司，1993年），頁1-2。

義文學並非只是單純擁抱形式，而是消極地與統治階級站在話語權力
共謀的立場。然而，事實是並非所有咖啡館裡的文人作家都會在永無
止境的漫談中消耗時光，例如黃春明就在「明星」寫下許多現實感極
為濃烈的小說。黃春明自述其小說作品〈看海的日子〉、〈溺死一隻老
貓〉、〈青番公的故事〉等，都是在「明星」裡完成的。[17]

　　一九六六年創刊的《文學季刊》，也批判了一九六〇年代文學現
代主義的游離現實，而這本具有本土意識的刊物，其編務就在「明
星」舉行：

> 一九六〇年代末，尉天驄出來辦《文學季刊》，集中了當時年
> 輕的作家黃春明、王禎和、七等生、施叔青和我（陳映真）。
> 大約由於「明星」距離印刷廠近，交通方便，加上咖啡館中安
> 裝著一個公共電話，「明星」不期竟成了《文學季刊》文學青
> 年相聚的場所。
> 我們在「明星」編雜誌、組稿、約稿。有時候，也在「明星」
> 寫稿，論議著當時的文化和文學問題。我們在「明星」等待印
> 刷廠的清樣，自己或者相互校對。雜誌上了機械印刷，「明
> 星」也成了聯絡中心。雜誌印出來了，有人趕著從印刷廠送幾
> 本「剛剛出爐」、油墨味猶濃的新雜誌，愛不釋手的翻閱，讀
> 著自己或者別的同仁的作品。事實上，「明星」成了《文學季
> 刊》的辦公室、編輯部和會客室。[18]

　　不僅是《文學季刊》，當時興起的其他著名刊物都有其號稱編輯

---

17 梁竣瓘：《黃春明及其作品研究：文學、社會和歷史的交互考察》（桃園：中央大學
　　中國文學研究所論文，2000年），頁36。
18 陳映真：〈臺北斷想〉，《臺北畫刊》第377期（1999年6月），頁21。

室的咖啡館，以下的圖表是六〇年代文學刊物與咖啡館相互指涉對照的分析。

表一　刊物與咖啡館對照分析表

年代	刊物名	咖啡館
1950～	創世紀	國軍文藝活動中心 明星
1957	文星雜誌	田園
1959	筆匯	明星
1960	現代文學	明星
1961	藍星季刊	明星
1964	臺灣文藝 藍星	田園
1966	文學季刊	明星
1967	純文學	
1968	詩隊伍 幼獅文藝 笠	作家咖啡館 文藝沙龍 天琴廳
1968	劇場	明星

從上表[19]中我們可以看出，「明星」咖啡館對於當時文學刊物在臺北的興起的重要性。《創世紀》、《筆匯》、《現代文學》、《藍星季刊》、《文學季刊》、《劇場》雜誌等諸多文藝刊物皆選擇在「明星咖啡館」「駐店」編輯刊物，外加大門口有現代詩人周夢蝶自己擺設的書攤，使得「明星」順勢成為更多文人作家的活動據點，間接引發許多愛好文藝

---

19 該表摘自沈孟穎：《臺北咖啡館（文藝）公共領域之崛起、發展與轉化（1930s-1970s）》（臺北：中原大學室內設計所論文，2002年）。

的青年人到此「朝聖」，林懷民就是其一。當年仍在就讀大學的他，三不五時往「明星」跑，他的父親偶爾還會到「明星」找兒子。林懷民笑稱自己是「明星咖啡廳畢業生」，當年高中時代所崇拜的作家，上了大學終於可以在「明星」見到他們，影響林懷民最深的是賣詩的周夢蝶：

> 鬧市中，一襲布衣，兩個饅頭，幾本文學書籍，坐得挺挺地面對人生。即使他今天不在那兒了，但對我來說，那是一種風範。[20]

二　文學界的行動和行動者

　　一群具有現代知識分子特色的作家文人長期聚集在「明星」咖啡館，不論是編輯《筆匯》、《現代文學》、《文學季刊》等刊物，或是埋首寫作，議論文藝，這樣的景況擺放在臺灣當時戒嚴的社會情境中，難免會引起政治場域有關單位的注意。報紙新聞曾經記載一段黃春明轉述的話：「文人聚集多到出了名，自然就吸引警備總部派人來駐店，咖啡屋常見一雙眼睛老是瞟來瞟去的男人。」顯示當時的思想言論仍受到嚴格的干涉與限制。[21]

　　從一九六〇年代起，「明星」成為臺北經營時間最長久的文人咖啡館，這和經營者簡錦維先生的態度大有關係。當年黃春明在此寫作的時候，簡先生就和他維持良好關係，甚至為黃春明另外開闢一個可以安靜寫作的空間。此外，簡先生也會在「明星」辦畫展，支持新銳

---

20 楊孟瑜：《少年懷民》（臺北：遠見天下文化出版公司，2003年），頁108。
21 陳文芬：〈流亡白俄麵包師，打造文學聖殿〉，《中國時報》，第12版，2002年4月7日。

畫家,為他們的畫作宣傳推銷,對文藝的喜好表露無遺。[22]陳映真曾在文章中感念簡先生的仁慈:

> 這段記憶中令人感念的,是「明星」上下對我輩文學青年的友好和尊重的態度。我們這些窮青年,往往早上叫一杯咖啡,就在「明星」坐到打烊。咖啡自然很早就喝完了,也自然無力續杯。然而店夥計卻一徑來來往往為我們添白開水,從來沒有慍色和怒目。……想到當時《文學季刊》的作家,遠遠還不是成名作家,斷無籍籍之名,而上下於「明星」樓梯者,有大文名,消費力強於我們的,不知多少。夥計朋友對我們的善意,自然與經營者的態度有關。今天,咖啡比「明星」香,裝潢比「明星」講究的咖啡屋比比皆是,但有文化氣息,不以勢利待人者,怕已無處覓了。[23]

戰後文人處在一個政治壓迫的窒悶空氣裡,就連文藝也有一個最高指導原則──戰鬥文藝,大一統、大傳統的思想主流無處不在,彼時,文人聚集在咖啡館,往往是為了尋找一個可以促進群體認同,並建立群體情調的空間,對他們而言,咖啡館或許是一個隱匿自我的場所,卻也可能是一個追尋真理的地方。[24]

「明星」咖啡館引領的風潮,也造成一股文人留連咖啡館的趨勢,緊接著新的一批咖啡館,如「作家」、「文藝沙龍」的誕生,皆為文人圈內的自發性創業,目的即是創造一個文人可以定期聚集的場

---

22 摘自吳美枝訪問整理:《「明星」負責人簡錦維先生口述訪談記錄》。
23 摘自吳美枝訪問整理:《「明星」負責人簡錦維先生口述訪談記錄》。
24 吳美枝:《臺北咖啡館之研究──以文人活動為中心的探討(1949-1989)》(桃園:中央大學歷史研究所論文,2004年6月),頁102。

所。較晚出現的「野人」、「天琴廳」、「天才」咖啡館也標榜著文藝咖啡館的經營方向。

　　為了更好地瞭解臺北咖啡館的文學地圖和臺北的文學界，我們還需要回到哈伯瑪斯對於公共領域描繪的一些關鍵點上來看明星咖啡館和六○年代臺北文學界的行動特徵。首先，哈伯瑪斯認為，政治化的公共領域的前身乃是文學公共領域。我們反過來一睹六○年代「明星」所形成的文學公共領域，是否後來形成了政治化的公共領域，或是對後來的臺北政治化的公共領域的形成產生某種影響？

　　二十世紀上半葉以來，其實是歐洲公共領域的衰落時期。在哈伯瑪斯看來，由於國家和市民社會之間的距離消解了，大眾媒介成為強有力的集中化的控制手段，於是公共領域開始被「重新封建化」。[25]這使得臺北的咖啡館從始至終，並沒有像歐洲那樣，出現哈伯瑪斯所認為的──「圍繞著文學和藝術作品所展開的批評很快就擴大為關於經濟和政治的爭論」。從這點上來看，臺北這個特殊區域下的特殊的城市，其公共領域的發展和歐洲是極為不同的。在當時的環境下，政治宣傳文學受統治階級的推崇，而這些親近於現代主義文學、存在主義思想的外文系學者作家，雖以自辦刊物的方式來抵擋官方文藝政策的潮流，但是卻沒有如哈伯瑪斯的觀點那樣，形成「明確的政治功能」。雖然他們的文學活動對於自我啟蒙有一定的意義，但似乎僅限於文學領域。

　　在白話文學語言的承接上，臺北六○年代外文系作家與五四新文學傳統是「斷裂」的，在思潮的接納上，卻又完全是西方現代主義式的。這使得當時的臺灣，既沒有絕對反傳統的立場，也沒有反左派的

25　周憲：《審美現代性批判》（北京：商務印書館，2005年），頁108。

根據（參見本文第三章）。所以哈伯瑪斯強調的「顛覆、質疑、批判社會的現代藝術力量」，並不存在於當時的六〇年代。現代藝術有別於傳統藝術的重要標誌，乃是它明顯帶有顛覆、質疑和批判社會的力量，從某種角度說，這來源於價值領域分化和藝術自主所形成的市民社會。通過藝術對現代化及其弊端的反思批判，現代藝術實際上起到了傳播「另類」觀念的功能。[26]然而，臺北六〇年代的文學圈更多的努力是一種回歸到文學本身的自律追求。他們雖然遠離戰鬥文學的影響，但卻也自覺主動地規避掉與政治牽扯的可能。咖啡館對當時的文人而言，更像是一個田園般的夢幻場所，文學以外的任何事物，都不是他們聚集的目的。換句話說，當時他們更多是受到了現代主義文學中，「為藝術而藝術」、「唯美主義」的薰陶，和第二章我們曾描述過的「布魯姆斯伯里文化圈」及「新月派」的氣質有不可思議的雷同。

除了上述原因，文學領域未能形成政治化的公共領域，也需要聯繫這些文學界的行動者本身來看。他們中間許多的作家都是一九四九年以後來臺，本身在臺灣就像是個異鄉客，與雷震、李敖等因為抨擊時政而被捕的文人有所不同，六〇年代興起的這些作家更多是傾向於通過現代化文化工業之契機所要求的「文學自律」，來抵禦政治場域的干預。他們不接受戰鬥文學的影響，但不反抗統治階級，甚至有意遠離避政治場域。白先勇談到《現代文學》創辦歷程時這樣說道：

> 我們裡面，有的是隨著政府遷臺後成長的外省子弟，像王文興、李歐梵及我自己，有的是光復後接受國民政府教育長大的本省子弟如歐陽子、陳若曦、林耀福，也有海外歸國求學的僑

---

26 周憲：《審美現代性批判》（北京：商務印書館，2005年），頁108。

生像戴天、葉維廉、劉紹銘，我們雖然背景各異，但卻有一個
重要的共同點，我們都是戰後成長的一代，面臨著一個大亂之
後曙光未明充滿了變數的新世界。外省子弟的困境在於：大陸
上的歷史功過，我們不負任何責任，因為我們都尚在童年，而
大陸失敗的後果，我們卻必須與我們的父兄輩共同擔當。事實
上我們父兄輩在大陸建立的那個舊世界早已瓦解崩潰了，我們
跟那個早已消失只存在記憶與傳說中的舊世界已經無法認同，
我們一方面在父兄的庇蔭下得以成長，但另一方面我們又必得
掙脫父兄加在我們身上的那一套舊世界帶過來的價值觀以求人
格與思想的獨立。[27]

回到文學本體來看，當時臺北六〇年代的文人其實處於一種十分尷尬
的局面。首先，在全球現代主義思潮的大背景下，美、蘇文化輸出在
政治干預下嚴重對立。諸多對於白話文具有奠基意義的貢獻的作家
（魯迅、沈從文、孫犁、老舍等）在統治階級的限制下，與臺灣《現
代文學》這一批作家是絕緣的。這些六〇年代興起的新生代作家在讀
大學時，正是國民黨「禁絕三十年代文學」、斬斷「臺灣與大陸的文
學關係」最為嚴厲的時候，因此他們那一代人在臺灣接受教育的時
候，基本上很難接觸到「五四」以來的中國新文學。[28]很多臺灣作家
（如白先勇）是到了美國才開始閱讀被冠以「左翼」標籤的白話新文
學作家。所以六〇年代前後，他們雖從現代主義吸取了大量的養分，
但作為華語寫作在文學裡重要一環——「文字語言」書寫變革的傳承
上是失根的。從文學本身來看，失去了白話文運動以來的具有奠基意

27 白先勇：〈《現代文學》創立的時代背景及其精神風貌〉，摘自《現文因緣》〈序〉
（臺北：現代文學雜誌社，1991年）。
28 劉俊：《情與美——白先勇傳》（臺北：時報文化出版企業公司，2007年），頁124。

義的作家，等於失去了對於漢語寫作語言變革之三十年傳統（1919-
1949）之繼承。

以日本為例，日本在「言文一致」之後才受到西方現代主義思潮
的影響，所以並未對日本的文學發展造成本質的改變。川端康成在一
九二〇年代論到現代主義文學時，就強調「文字語言」構成的表現。
他認為文藝作品是「文字語言」（與 spoken language 相對的 written
language）的一種，並強調「藝術活動是心理活動的一種，文藝活動
則是藝術活動的一種。且藝術具有藝術的自律性，文藝具有文藝的自
律性——這些是十分明白的道理。」[29]對於失根的臺灣文學來說，白
先勇這一代人渴望離開政治文學的風潮，重新回到文學本身，完全符
合文學行動者當時的心理活動，以及現代文學自身「自律性」的要
求。正逢此刻的文學傳統無可繼承，也無本可依，同時相對於左翼的
政治風險，以及戰鬥文學嚴格「他律」的要求，文學現代主義恰好
「趁虛而入」，迎合了當時文學界對文學自律的要求，也使得咖啡館
作為現代性的標識之一，成為了隱匿的「文學樂園」。這也許正是臺
灣「明星」咖啡館有別於歐洲咖啡館的主要原因，它僅僅只能作為文
學公共領域存在，對後來的政治公共領域和市民社會的影響微乎其
微，只能是知識分子想像的「文學共同體」。

三　文學界的社會體制和內在結構：以《現代文學》為例

哈伯瑪斯認為文學公共領域主要的交往和組織形式開始是咖啡館
和沙龍，爾後才形成了更為龐大複雜的出版社、書店、雜誌社等交往
網絡體制。這些體制在構成公共領域方面具有十分重要的功能，不論

---

29 〔日〕川端康成著，魏大海譯：《新文章論》，《川端康成十卷集》（石家莊：河北教
育出版社，2002年），10・評論篇，頁310。

是哪一種階級社會，也不論哪一種時代，藝術都必須以某種形式獲得自身的合法化，否則作為一種話語活動它是不允許存在的。以十八世紀作為分水嶺，傳統藝術界與現代藝術界的存在和運作的原則有很大的差異，傳統藝術界的合法化依據他律性的要求，而現代藝術界則是一種自主性的合法化。[30]

德貝爾雅克（Ales Debeljak）則認為，古代藝術的合法化依賴於三個條件：「第一，傳統藝術實踐是通過對合法化、外在的、他律的要求實現的；第二，統治性社會集團具有某種優越的地位，這種地位使他們在經濟上和意識形態上有能力控制總體社會關係；第三，統治性社會集團的藝術品的合法化，標誌著一種保護人的特殊社會關係。這就構成了傳統藝術界保護人與藝術家的複雜關係，而傳統社會中的贊助有三種主要方式：『契約、保護人的吸引力和選擇性的訂貨。』」[31]布赫迪厄認為，這種藝術界的存在理由和運作機制表明，「藝術場」尚不是獨立的自足領域，它完全受制於統治階級的「權力場」的支配。

我們看當時臺北轟轟烈烈的政治文學「戰鬥文藝」，雖無法歸類於古代藝術形式，但在其合法化上卻是依賴於統治階級（國民黨政府）的地位，也完全受制於統治階級的支配。嚴格地說，不論其形式上如何創新，甚至如何取用現代主義技巧，其目的都已經跳出了藝術本身。而現代藝術界自主的合法化，恰恰就是把藝術存在的理由從藝術之外挪至藝術之內，藝術不是為了非藝術（包括政治）的理由或根據存在的。所以審美趣味無功利、唯美主義、為藝術而藝術這類現代性的美學觀念才會出現，這或許是六○年代《現代文學》雜誌誕生的最主要原因：

---

30 Peter Bürger, *Theory of Avant-Garde* (Minneapolis: University of Minnesota Press, 1984), p. 48.

31 Ales Debeljak, *Reluctant Modernity: The Institution of Art and Its Historical Forms* (Lanham: Rowman & Littlefield, 1998), pp. 60-61.

一九六〇年，我們那時都還在臺大外文系三年級念書，一群不知天高地厚一腦子充滿不著邊際理想的年輕人，因興趣相投，熱愛文學，大家變成了朋友。於是由我倡議，一呼百應，便把《現代文學》給辦了出來。出刊之時，我們把第一期拿去送給黎烈文教授，他對我們說：「你們很勇敢！」當時他這話的深意，我們懵然不知，還十分洋洋自得。沒料到《現代文學》一辦十三年，共出五十一期，竟變成了許許多多作家朋友心血灌溉而茁壯，而開花，而終於因為經濟營養不良飄零枯萎的一棵文藝之樹。對我個人來說，《現代文學》是我的一副十字架，當初年少無知，不自量力，只憑一股憨勇，貿然背負起這副重擔，這些年來，路途的崎嶇顛躓，風險重重，大概只有在臺灣辦過同人文藝雜誌的同路人，才能細解其中味。[32]

白先勇作為作家和《現代文學》主要創辦人，在論到《現代文學》從誕生到中間停刊前的這十三年描述較為感性，但也折射出辦一本現代文學雜誌所涉及的龐大複雜的社會網絡。在咖啡館裡談論文學還相對比較簡單，但真正觸碰到制度性因素的時候，則涉及到文學外部的種種社會關係，也涉及到文學內部的組織。我們需要從這二者來看《現代文學》這本刊物的意義。

威廉斯從文化社會學上界定的兩個關鍵詞，一個是 institutions，一個則是 formations。在威廉斯那裡，institutions 被當做藝術外部的種種社會關係，而 formations 則被視作藝術內部的組織。學界將前者譯作「社會機制」，後者譯成「內在結構」。[33]換言之，社會機制就是那

---

32 白先勇：〈《現代文學》創立的時代背景及其精神風貌〉，《現代文學小說選集（一）》〈序〉（臺北：爾雅出版社，1977年）。

33 Raymond Williams, *Sociology of Culture* (Chicago: The University of Chicago Press, 1982), p.35.

些對藝術生產、傳播和消費具有中介作用的種種外部社會結構，從哈伯瑪斯所說的文學公共領域中的咖啡屋、俱樂部、沙龍，到各種制度性因素（諸如出版社、雜誌、劇院、博物館、音樂廳、圖書館，甚至學校等等）；而內在結構則是專指藝術界的內部組織，諸如藝術家協會、專業藝術家團體、學派或運動等等。[34]

　　當時統治階級的「戰鬥文學」的機制頗像傳統藝術界，其生產與消費具有直接性，一旦稿子寫出來了，就能夠在刊物上發表，獲得收入和政府獎金。統治階級作為直接「消費者」，是擁有權力和金錢的主顧，參與文學生產的作家均服務於那些非文學的目標和要求。而這批現代作家則需要的是擺脫這種人身依附關係，而獲得了藝術創作的自由職業。從這點來看，《現代文學》是從一群暫時尚未被商業社會所影響的學生開始，確有其必然的因素。用白先勇的話說，「臺大外文系那時也染有十分濃厚的農業社會色彩：散漫悠閒，無為而治。」無為而治的外文系學生都是逃課去辦《現代文學》。相較於那些要為自身生存現狀考慮的文人，這些學生反正更有時間精力來寫文章辦雜誌，因此，「臺大」這所學校就成了威廉斯現代藝術之「社會機制」的一個重要因素之一。

　　一本雜誌從藝術家到市場，中間經過諸多環節，尤其是生產與消費之間的中間環節──傳播與流通便具有相當的意義。由於市場的形成，由於藝術有可能作為商品被購買，由於貨幣這個無處不在的普遍中介，藝術家便得以在一個自由空間裡進行藝術生產。[35]六〇年代屬於開發中的「前期資本主義」區域，文學的市場機制遠沒有後來那樣成熟，但《現代文學》等雜誌的出現，確實體現了現代文藝自主合法

34　周憲：《審美現代性批判》（北京：商務印書館，2005年），頁86-87。
35　周憲：《審美現代性批判》（北京：商務印書館，2005年），頁86-87。

化的過程。以這本雜誌作為中介,產生了雨後春筍般的「文學生產者
(行動者)」。於咖啡館內談論文學還是只是思想碰撞,於雜誌上有正
式的文字發表與讀者的迴響交流,才是「文學生產」的直接原動力。
雖然傳播的範圍不廣,但畢竟提供了傳播的渠道。正如《現代文學》
出版的第一期之後,白先勇記錄道:

> 其實只要有人看,我們已經很高興了。雜誌由世界文物供應社
> 發出去。隔幾天,我就跑到衡陽街重慶南路一帶去,逛逛那些
> 雜誌攤。「有《現代文學》嗎?」我手裡抓著一本《今日世
> 界》或者《拾穗》一面亂翻裝作漫不經心的問道。許多攤販直
> 搖頭,沒聽過這本東西。有些想了一會兒,卻從一大疊的雜誌
> 下面抽出一本《現代文學》來,封面已經灰塵撲撲,給別的暢
> 銷雜誌壓得黯然失色。「要不要?」攤販問我。我不忍再看下
> 去,趕快走開。也有意外:「現代文學嗎?賣光了。」於是我
> 便笑了,問道:「這本雜誌那麼暢銷嗎?什麼人買?」「都是學
> 生吧。」我感到很滿足,居然還有學生肯花錢買《現代文學》,
> 快點去辦第二期。第一期結算下來,只賣出去六、七百本,錢
> 是賠掉了,但士氣甚高,因為我們至少還有幾百個讀者。[36]

之後《現代文學》的銷路也一直都沒超過一千本,而且總是一直
在賠錢。但與當時政治集團控制下的封建化的公共領域相比,在這些
富有文學熱情的學生團體中間,現代文藝的社會機制已初現端倪,並
從臺大這個最高學府和文學媒體的相互傳播,在教師、記者、藝術
家、編輯等知識分子中間得到廣泛的認可和迴響。

---

36 白先勇:〈《現代文學》的回顧與前瞻〉,《現代文學小說選集(一)》〈序〉(臺北:爾
雅出版社,1977年)。

　　一九五九年春，由於夏濟安以訪問學者的身分去美國進行學術研究，《文學雜誌》告別了「夏濟安時代」，使得一直受到這本雜誌啟蒙的外文系年輕作家們感到需要另起爐灶。所以，同年開始，白先勇等人提出創辦《現代文學》芻議，並且召聚一群人分頭進行。白先勇提到：「第一個是去內務部登記的問題，是幾經波折，頗不容易的」[37]，然後面臨稿源的問題、審稿的問題、印刷的問題。最後，最為重要也最為首要的問題就是財源問題。白先勇由於父母的支持，弄到一筆十萬塊的基金，但只能用利息，每月所得有限，只好去放高利貸，用他自己的話說，後來幾乎弄得《現文》破產，全軍覆沒，還連累了家人。

　　雖然《現代文學》吉星高照，總有辦法陸陸續續解決財源問題，包括後來白先勇自掏腰包拿出愛荷華大學的全額獎學金的一部分、媒體《中國時報》老闆余紀忠印刷紙張的捐贈，以及美國新聞處不定期購買的象徵性支持，但一本雜誌能否運作下去，除了財源問題，最為重要的其實還是生產者（藝術家）和產品（藝術品）對市場的吸引力。威廉斯認為，現代藝術從保護人制轉向市場制最重要的變化就是出現了作為商品的藝術品和作為特殊商品生產者的藝術家，藝術界新的組織所依賴於支配性的社會秩序中潛在的智識集團，而迪基在《何為藝術》中也提到，藝術世界的中堅力量是一批組織鬆散卻又互相聯繫的人，這批人包括藝術家（畫家、作家、作曲家之類）、報紙記者、各種刊物上的批評家、藝術史學家、文藝理論家，美學家等等。就是這些人，使藝術世界的機器不停地運轉，並得以繼續生存。白先勇在〈《現代文學》的回顧與前瞻〉中說：

　　　　歐陽子穩重細心，主持內政，總務出納、訂戶收發由她掌管。

---

37 劉俊：《情與美——白先勇傳》（臺北：時報文化出版企業公司，2007年），頁74。

陳若曦闖勁大，辦外交、拉稿、籠絡作家。王文興主意多，是
《現文》編輯智囊團的首腦人物，第一期介紹卡夫卡，便是他
的主意，資料也差不多是他去找的，封面由張先緒設計。……
《現文》又沒有稿費，外稿是很難拉得到的，於是自力更生，
寫的寫，譯的譯。第一期不夠稿，我便化一個筆名投兩篇。但
也有熱心人支持我們的，大詩人余光中第一期起，從《坐看雲
起時》一直鼎力相助。另一位是名翻譯家何欣先生，何先生從
頭跟《現文》便結下不解之緣，關係之深，十數年如一日，那
一篇篇扎硬的論文，不知他花了多少心血去譯。我們的學姊叢
甦從美國寄來佳作一篇《盲獵》。外援來到，大家喜出望外。
於是由我集稿，拿到漢口街臺北印刷廠排版，印刷廠經理姜先
生，上海人，手段圓滑，我們幾個少不更事的學生，他根本沒
看在眼裡，幾下太極拳，便把我們應付過去了。《現文》稿子
丟在印刷廠，遲遲不得上機，我天天跑去交涉，不得要領。晚
上我便索性坐在印刷廠裡不走，姜先生被我纏得沒有辦法，只
好將《現文》印了出來。一九六〇年三月五日出版那天，我抱
著一大疊淺藍色封面的《現代文學》創刊號跑到學校，心裡那
份歡欣興奮，一輩子也忘不掉。[38]

白先勇所提到的這些負責雜誌內政、籌備、稿源的作家，包括他自
己，實際上都是《現代文藝》維持運轉的中堅因素，是重要的文學行
動者。除此之外，我們還有前一節所提到的「明星咖啡館」坐落於中
山堂，那裡聚集大批文人在此，提供了他們編輯《筆匯》、《現代文
學》、《文學季刊》等刊物的公共空間，甚至提供了埋首寫作，議論文

---

38 白先勇：〈《現代文學》的回顧與前瞻〉，《現代文學小說選集（一）》〈序〉（臺北：
　　爾雅出版社，1977年）。

藝的地方。而除了文藝創作者之外，報刊記者、史學理論家，美學家實際上都聚集在中山堂周圍，是《現代文學》能夠得以傳播與流通的必要因素。

以上我們所討論的是作為結構的社會體制和內在結構中，藝術家在現代社會所扮演的複雜角色、意識和行為。從這點來看，我們才能理解白先勇、黃春明、余光中、七等生甚至僅發表過一篇小說的三毛，這些日後文學發展路線迥異的作家們，如何曾在同一本雜誌上刊登文章。儘管《現代文學》的名稱極具「口號性」，但這本雜誌兼容並包，更像一個「文學沙龍」或「文學咖啡屋」之於刊物的具體呈現。一個咖啡屋或一本文學刊物成為一個時代的文藝公共領域，和創辦者的觀念是密不可分的。早期夏濟安創辦《文學刊物》時提出的辦刊理念，把自己定位為是一本「文學雜誌」，「只想腳踏實地，用心寫好幾篇文章」。這種理智的作風，多少影響了白先勇等一批外文系的人，所以《現代文學》的辦刊理念並非因其「現代性」，就顯出強烈的反抗和激進行為，反而具備了冷靜和包容的作風。白先勇等人在當時確實是有著「文學救國」的理想，所以對於各式各樣的文學形式和風格流派都能吸納和接收，為要探索出一條構建文學新傳統之路。對於當時這批二十幾歲的熱血青年，這樣的思想是難能可貴的。

威廉斯曾將藝術機制的「內在結構」視為藝術內部的社會關係。我們具體地將現代文化內在組織的運作方式區分為「外在」和「內在」兩種類型。其內在形式區分為三種：第一種是建立在正式成員或會員基礎之上的組織；第二種是圍繞著集體公開宣言而組織起來的非正式群體，比如一次展覽，一家出版或雜誌，或一個公開宣言；第三是除了上述兩者之外，建立在非正式的或偶然表現出來的結盟或群體

認同的基礎上。[39]

　　《現代文學》產生的作家群，他們雖然也有一個集體公開的宣言，也有正式成員或少數持續關注的會員（訂戶讀者）作為基礎，但是實際上他們更符合威廉斯對於內在形式歸納的第三者的情形，即「非正式的」、「偶然」表現出來的結盟與群體認同的基礎。從他們畢業之後各自的發展可見一斑。他們之中有些人陸續前往美國愛荷華大學作家班深造，有些人留在臺大教書，有些人另創刊物，有些人到媒體或廣告公司就職。所以難能可貴的是當時在《現代文學》上投稿的作家，各人的文風各異，文學觀也不盡相同，彼此居然相安無事，並且在文學創作上有著良性的競爭。白先勇在回憶中，想不起他們之間曾經為了文學觀點互異而起爭執的事情。而早期在《現代文學》寫稿的這份作家名單：寫小說的有叢甦、劉大任、朱西甯、蔡文甫、王禎和、陳映真、黃春明、施叔青、李昂、林懷民、七等生、臺靜農等，以及《現文》幾個「創社」的基本班底作家歐陽子、陳若曦、王文興，詩人也有許多，包括葉珊（楊牧）、余光中、洛夫、羅青、瘂弦、葉維廉、杜國清……等等各路人馬，彙聚一堂，竟然能夠「和而不同」，為「文學自律觀」在臺灣的成型起了標杆性的作用。

　　當然在威廉斯看來，一個社會階級在文化上並不是鐵板一塊，由於社會和階級的發展變化，某個階級中特定的群體會有興有衰。因此，這一階級內部的諸群體便會有與「新興的」文化上結盟的可能，但這種結盟並不完全體現出作為整體的階級特徵。另外，即使是在一個階級內部，實際上也存在著內在的場域分化的過程，因此也就存在著「新興」文化產生的基礎。這是對應臺灣六〇年代末期「鄉土文學」興起的層面來說的。

---

39 Raymond Williams, *Sociology of Culture* (Chicago: The University of Chicago Press, 1982), pp. 58-62.

　　早期在《現代文學》上頻繁發表作品的陳映真、黃春明、施叔青、七等生、王禎和等人，在六〇年代中後期另立門戶，成為《筆匯》、《文學季刊》的基本班底，不啻是對文學現代主義的一種反撲。但他們並不完全反對現代主義形式和技巧，而是反對脫離現實的文學內容，開始傾向於關注社會的現實面。當然，彼時的文學環境使用的歐美現代主義文學技巧已被作家、詩人們「過度開發」以至於浮濫、蒼白，甚至不知所云時，《文學季刊》就不得不以強烈的姿態宣告：「回歸現實主義」的時候到了。一九七三年《文學季刊》的發刊詞說：

　　　　我們認為文學不但應該是生活的反映，更重要的還是如何透過
　　　　這些反映在現實中教育自己。因為唯有一個作家能夠把自己的
　　　　命運與人類共同的命運結合在一起……也只有這樣，他所創造
　　　　出來的藝術品才會真正對人類產生虔誠和愛心，形成一種前進
　　　　的力量。[40]

這一股「前進的力量」似乎和五四新文學運動的現實主義作家群體有了內在的呼應，但在當時的政治環境下是絕不容許提及大陸左翼文學的。代表「鄉土文學」發聲的《文學季刊》自一九六六年開始斷斷續續停刊、復刊，到了一九七四年以後，雖然還是不幸夭折，但是此時的文學風向不變，「鄉土和現實已不再成為禁忌了。」[41]現實主義文學經過文學現代主義技巧形式的磨礪，終究還是要回到生活，回到人與土地的現實面。從文學場域分化的角度來看，我們的確無法看出這樣

---

40 《文季》第一期（1973年8月），頁1。引自《文訊雜誌》之〈臺灣文學雜誌專號〉第
　　213期（臺北：文訊雜誌社，2003年7月），頁46。
41 《文訊雜誌》之「臺灣文學雜誌專號」第213期（臺北：文訊雜誌社，2003年7月），
　　頁46。

的結盟是否有特殊的「階級」因素，如果說臺大外文系代表的是學院
派的「精英階級」，那麼我們無法解釋為什麼王禎和（臺大外文系）
和陳映真（淡江大學英語系）如何成為標榜「鄉土大眾」的文學現實
主義群體。在這一點上布赫迪厄的象徵資本論與威廉斯的階級分化論
並不能很好的解釋此一現象。

但是，有一點值得注意的是，創辦《文學季刊》的主要成員陳映
真、王禎和、七等生、施叔青等都出身於臺灣本省社會底層的平民家
庭（只有尉天驄是江蘇碭山人），大多在鄉間農村長大，和白先勇經
歷極為不同，他們沒有看過大都會生活的紙醉金迷，物質生活也並不
富裕，生活「習性（habitus）」和「品味（taste）」大相逕庭。但是他
們因著擁有「外語資本」作為背景，經過現代化和西方文學的衝擊
後，反過來對於真實的生活和殖民記憶發出內心質疑和困惑的聲音。
然而我們再回過來看堅持文學現代主義路線的作家群體，白先勇、王
文興、劉紹銘等是外省移民毋庸置疑，但像歐陽子、陳若曦等人可就
算是道地的臺灣本土作家了，她們的文學創作取向上並未與階級或母
語等「非文學」原因有任何關聯。之所以在此突出這樣的背景類比，
只是想說明「階級出身」和「象徵資本」，在文學場域的鬥爭分化裡
自有其理論有效性，但不能完全說明場域分化的原因僅僅是因為階
級、生存心態或資本等等因素。在六〇年代末的鄉土文學論戰裡，文
學家關注的更多是如何解決「文化現實和民族情感」的問題，是在文
學場域「相對自律」下的鬥爭，不是文學機制內部的位置或對抗文學
話語霸權的問題。這跟文學現代主義被用來迂迴抵抗統治階級的話語
霸權和建立自律機制有根本上的不同。

從《現代文學》作家群裡分別出來成為「鄉土文學」的作家們，
固然有其「本土出身」的優勢來發揮曾經被壓抑的文學能量，但也有

像劉大任這樣的外省作家不再留戀過去，率先關注著大陸移民在臺灣的真實生活，成為現實主義陣營的一員。同樣的，也有像陳若曦這樣臺灣本土出身的現代主義作家，在《現代文學》同仁們紛紛前往美國深造的時候，選擇反其道而行深入中國大陸生活了七年，經歷文革時期，並寫在出逃香港後寫了震驚當時文壇的作品《尹縣長》。這些「例外」，讓我們看見六〇年代中期文學界豐富的樣貌，文學現代主義與臺灣的鄉土現實不能、也不應該是衝突的，我們對《現代文學》刊物的作家群體做出的努力，應該得出更理性、客觀的評價。

一如《現代文學》發刊詞中所說的：「我們感於舊有的藝術形式和風格不足以表現作為現代人的藝術情感，決定試驗、摸索和創造新的藝術形式和風格……。」而在一九六一年《現代文學》創刊一年之後，編輯部以「本社」的名義寫了一篇極佳的宣言，內容重新闡述《現代文學》的主張與信條，不但申明他們「盡力接受歐美的現代主義，同時重新估量中國的古代藝術」，並且強調「浪漫主義不是感傷主義……浪漫主義推崇的是人的本質和尊嚴。」[42] 接著該文對到底「何為我們需要的現代主義？」也作出十分清晰的說明並給出方向。

> 我們願意藉著這個機會，討論幾個雜誌本身的問題。局限於現代主義嗎？這要看對現代主義做什麼樣的解釋。我們認為，現代主義，與其說是形式，不如說是內容。假如有一位作家，能恪守福樓拜的寫實規律，來描述今天的社會，我們也承認他是現代主義者。對於留莎士比亞長髮和鬍子的客人（假如不是鬼魂），我們也是無任歡迎的。六期以來，我們並不短少屬於傳統的作品。假如因為現代文學的「現代」兩字會引起讀者誤會的話，希望今天開始請讀者引用我們的解釋……但我們也要聲

---

42 《現代文學》第四期〈編後〉（臺北：現代文學雜誌社，1961年），頁114。

明，對於形式上的現代主義，我們也有不變的興趣⋯⋯我們有心讓讀者看看，西洋的現代文學，種類有多雜，範圍有多闊，現代主義絕不是中國人想像中的意識流而已。我們介紹過的卡夫卡，是唯一背棄過傳統的作家，其他如喬埃斯（限於短篇小說）、勞倫斯，都和人所熟知的寫實主義有著密切的關係⋯⋯如果有人說，中國在形式上嘗試現代主義的努力，是一種崇洋心理，我們是無法忍受的。中國人不許創造新形式嗎？樹上的有巢氏，嘀咕我們：「樹上不好住嗎？為什麼要在地上蓋房子？」照他們的看法，中國人不得寫心理小說、不得寫象徵小說、不得寫幻想小說、不得嘗試超現實主義，不得接受存在主義的思想。他們像一個父親，限制兒子的活動，不得打球，不得賽跑，不得唱歌⋯⋯皆為了一個理由：這些都是洋玩意兒。親愛的讀者，假如您看到這樣一位父親，最好勸一勸他。[43]

《現代文學》在創辦一年後對於整體的編輯方向有了更明確的主張，也讓我們看見在構建新文學傳統的過程中，技巧上的不成熟、來自文學場域的誤解，都是必然的存在。《現代文學》鼓勵青年作家誠實地實驗新形式，在內容與題材上大膽突破，所謂的「誠實」，應該就是誠實面對傳統的不濟，和文學環境的「真正現實」吧。

一如《現代文學》「本社」所宣稱的：

我們知道在短期內尚不可能產生完美的中國現代文學作品，但我們相信可以在沙中淘得金粒。因為，我們也不贊成一直躲在 T. S. Eliot 的大衣之下，哀嘆荒原的寒冷。[44]

---

43 《現代文學》第四期〈編後〉（臺北：現代文學雜誌社，1961年），頁114。
44 《現代文學》第四期〈編後〉，頁114。

第九章
《現代文學》的審美現代性與自律創作

一　藝術自律：藝術雙重性

　　自律（autonomy，又譯作自主、自治）這個概念本意在希臘文裡是「自身＋法則」的意思；或譯作「自我＋統治」。與自律概念相對的是他律（heteronomy），意思是「他者的法則」，或「他者＋統治」。[1]藝術自律性思想的形成，乃是伴隨著十七世紀時人們對藝術的概念與定義發生轉變時開始。十七世紀之前人們仍舊把數學中的算術、幾何，以及文學中的語法、邏輯、修辭等定義為藝術。直至到了十七世紀以後，現代意義上的藝術概念逐漸被確立，許多現代藝術的門類開始成為獨特的類型，在功用與本質上發生了重大轉變，擺脫了宗教和政治體制下偏重於技藝、工藝層面的內涵（如繪畫、雕塑、建築、音樂等），從而轉向了藝術美學的自身。或許因為藝術自律性觀念的形成，藝術本身從其它社會價值領域擺脫，因而產生了美學。但藝術自律性和美學作為獨立學科的產生幾乎是同時發生的，也成為了不可分割的兩面。總之，若沒有藝術的自律性，就不會有審美現代性。而藝術一旦有了「自身＋法則」的重要特質，就會獨立於道德、宗教、政治、經濟等領域，產生現代藝術的獨特性，從而帶進了審美現代性的產生與發展。所以我們必須追本溯源來看傳統藝術和現代藝術概念的轉換。

---

[1]　周憲：《審美現代性批判》（北京：商務印書館，2005年），頁216-217。

傳統藝術概念裡面為什麼會將算術、幾何算入藝術行列，和此前人們所遵循的哲學思想息息相關。亞里斯多德認為「藝術模仿自然」，因此一切古典的藝術門類偏重於自然邏輯形式，甚至連「邏輯」本身也被歸入藝術門類。但是當人們對藝術的概念開始發生轉換，藝術自律性逐漸形成，使人們對於藝術本身有新的哲學定義。十八世紀巴托（Charles Batteux）把亞里斯多德（Aristotle）的命題轉換為「藝術模仿美的自然」，使藝術的審美邏輯發生重大改變，此後經過鮑姆加登（A.G. Baumgarten）等人的發展，確證了有一種從理性的抽象形態來研究感性認識的理論學科的存在及其必要性，[2]並將感性學與美結合。所以到了現代，學者能夠清楚地將藝術與科學的區別，定義為按不同邏輯行事，科學邏輯要求與現實具有直接的同一，而審美邏輯則打破和超越這種同一性。

阿多諾認為，藝術是對非現實之物的摹仿，或者說，藝術通過摹仿現實事物的對立面而表現現實。康德的「審美無功利」將審美的自律性視為一個人人都具有的普遍性，而其後經過韋伯（Max Weber），發展到哈伯瑪斯、阿多諾、布赫迪厄等人的現代理論，則指出了康德所謂的人類共同感乃是資產階級意識形態的藉口，普遍人性論就被一種社會學的「階段分析論所取代」。[3]正如阿多諾認為的，藝術日益獨立於社會的特性，乃是資產階級自由意識的一種功能，它繼而有賴於一定的社會結構。從藝術發展之初一直延續到現代集權國家，始終存

2　〔德〕鮑姆嘉通（Alexander Gottieb Baumgarten）著，簡明、王旭曉譯：《美學》（北京：文化藝術出版社，1987年），頁13。

3　參見Pierre Bourdieu, *Distinction: A Social Critique of the Judgement of Taste* (Cambridge: Harvard University Press, 1984).

在著大量對藝術的直接的社會控制，唯一的例外是資產階級時期。然而在某種意義上，「資產階級社會可以說要比先前的任何社會都更加徹底而完全地使藝術獲得了整一性。」[4]

為此阿多諾指出，必須從兩個方面來考慮藝術的社會本質，一方面是藝術的自為存在，另一方面是藝術與社會的聯繫。[5]針對後者，他指出藝術總是一種社會現實。藝術之所以是社會的，不僅僅是因為它的生產方式體現了其生產過程中各種力量和關係的辯證法，也不僅僅因為它的素材內容取自社會；主要因為它站在社會的對立面。而這種具有對立性的藝術只有在它成為自律性的東西時才會出現。[6]

藝術自律性與社會現實關係微妙，從藝術自律性的成因來看，它有賴於一定的社會結構，但矛盾在於，它又需要抵抗社會的力量，從而才能保住自己作為自律存在的生存權利。現代社會的迅速發展，尤其是在工業革命之後，「文化工業」（culture industry）突飛猛進，大規模生產文化的結果，使得在資本主義商品制度下，文藝與工商業開始一體化。這有悖於藝術自律性原初產生的時候，獨立於各領域的自主性。雖然現代性進程中形成的商品化和市場化是導致藝術自律性的一個成因，但它又深深觸及到了審美現代性自身的內在矛盾。一方面，現代藝術和美學觀念的產生，仰仗於市場化和商品化的體制，另一方面，一旦交換價值和利潤動機成為藝術作為商品的決定性因素，文化有可能再次被「文化工業」掌權，失去其自主地位。一如阿多諾所說

4　〔德〕阿多諾（Theodor W. Adorno）著，王柯平譯：《美學理論》（成都：四川人民出版社，1998年），頁385-387。

5　〔德〕阿多諾（Theodor W. Adorno）著，王柯平譯：《美學理論》（成都：四川人民出版社，1998年），頁385-387。

6　〔德〕阿多諾（Theodor W. Adorno）著，王柯平譯：《美學理論》（成都：四川人民出版社，1998年），頁385-387。

的，大眾文化呈現無所不在的商品化趨勢，具有商品拜物教特性。文化工業可能會成為新的「教廷」而掌管藝術，使得現代藝術的生命走向衰亡。

伊格頓（Terry Eagleton）在《美學意識形態》一書裡指出，現代藝術面臨著兩種困境，一種是現代藝術進入自律性後，便不再像傳統藝術那樣服務於特定的人，而是服務於一切有趣味並有錢消費它的人，因此「它的存在不以任何人和事為理由，可以說它只是為自己而存在。它是『獨立的』，因為它已經被商品生產所湮沒。」另一種困境是，商品化的逼迫不斷使藝術轉向自身，審美的自律性變為一種否定的政治。到頭來，藝術只有一條路可走，那就是「藝術反對它自身，承認藝術的不可能性。」

所以阿多諾對藝術的看法是：「堅持自己的概念，拒絕消費的藝術，過渡為反藝術。」目的乃是通過否定自身來成為非社會的自律存在。藝術與現代社會正在進行殊死搏鬥。這個觀點似乎應證了藝術自律性的理論發展到現代的社會學層面是必然的。在康德時代，與之呼應的藝術批評家佩特提出「為藝術而藝術」。但藝術走到了「反藝術」的層面，則突顯出了藝術與現實社會的緊張關係。這些不同的觀點也恰恰是藝術自律性所體現出來的審美現代性的矛盾。圍繞藝術自律性，有三種力量展開不停的衝突與鬥爭，它們之間的張力和妥協構成了藝術領域的現狀和發展。[7]第一種力量主要來自藝術領域之外的政治、經濟權力、以及倫理權威和傳統，強調非藝術社會功能和社會徵用，如臺灣的政治宣傳文學。其餘兩種力量則來自藝術內部，強調藝術自身的獨特性，不同於其它領域特有的審美屬性和功能，但兩者又有不同。一個是佩特「為藝術而藝術」的觀念，據守藝術的自律王

7　周憲：《審美現代性批判》（北京：商務印書館，2005年），頁263。

國；另一個則是阿多諾的觀點：雖主張審美功能，但不主張封閉狹隘，強調藝術和社會實踐的聯繫，透過審美功能而更加有效地反作用於社會現實。

所以我們在考量《現代文學》的審美現代性與自律創作時，我們需要考慮到一些社會複雜的情形，是和以上所說的這三股力量密不可分的。在阿多諾的眼中，真正的現代主義的作家，乃是像卡夫卡那樣，把異化的世界表現出來，以起到反作用於社會現實的效果。當我們來看六〇年代首度引介卡夫卡的《現代文學》雜誌時，也需要充分考慮到三種力量所導致的藝術作品的功能，不論是對現實社會的潛在的妥協和兼容，還是隱藏的較量和對立；甚至是以反對自身的方式，來反作用於社會，這些都是藝術自律性的真實樣態。

二 《現代文學》小說中審美現代性的矛盾與張力

前面我們指出，藝術在擺脫政治、經濟、宗教等領域開始自主時，發展上更為內涵具體化並功能特定化，語法、邏輯、修辭在傳統上曾經被定義為藝術的學科在今日的藝術門類已經找不到，但對於文學而言，尤其是在近代文藝美學研究中，語法、邏輯、修辭學等被許多學者視為重要的理論研究依據，如川端康成就認為「若無基於心理學研究方法的語言學、修辭學或美學根據，便不能從理論上論述文藝之表現」。[8]並且川端康成也將這樣的研究納入為藝術自律性的裡面。「藝術活動是心理活動的一種，文藝活動則是藝術活動的一種。且藝術具有藝術的自律性，文藝具有文藝的自律性──這些是十分明白的

---

8 〔日〕川端康成著，魏大海譯：《新文章論》，《川端康成十卷集》（石家莊：河北教育出版社，2002年），10‧評論卷，頁310。

道理。」[9]故此，我們要從《現代文學》的小說創作上來看其藝術自律性，其次，我們也需要看這些這些作品與社會的關係。

　　《現代文學》中有不少文學作品，深受現代主義反抗意識的影響，具備文學現代主義的社會否定性特徵。比如鄭潛石的短篇小說〈寄居蟹〉，內容很短，寫的是一個弒兄的故事。文章中，兄長有如父親般值得崇敬的形象，一度成為主人公阿龍引以為傲的生活寄託。直到初中考失敗，遭遇學業優秀的兄長諷刺，才發現自己和兄長竟然是不同的兩個個體，於是產生了殺掉兄長的念頭。但阿龍畢竟是軟弱的，他最終拿著刀站在了兄長的身後，卻沒有刺下去的膽量，因為他不能確定，刺下去之後自己是否會更好？最終，他只能躲在被窩裡哭泣。小說的結尾可以說是這篇小說對於現實無奈的否定：當阿龍聽到母親驚喜地叫醒他，要他向剛剛考上留學考的大哥道賀的時候，阿龍大叫：「我不要起床，我不要起床，我不要讓我軟弱的肉體暴露著，我要永遠蜷縮在被窩中，用被窩作我的外殼。」與其說這句話是出自主人公阿龍之口，更像是作者本人藉著阿龍的口喊出對時代所造成之內心的壓抑和反抗。

　　這篇小說可視為「弒父」的變形，其主題類似於表現主義大師卡夫卡對於父親的惶恐、畏懼，以及不敢反抗、無力反抗的無望感。同類題材的小說還有白先勇的《孽子》，主題都是一些被視為異類的人群，對社會既定之系統的抵抗。這類小說作品的結局多半給人以無力感，不論是對命運、制度還是傳統枷鎖，似乎反抗的結果是無望的。這類小說的氣質，「迂迴」地表現了當時臺灣文人的對現實的看法和態度。雖然可以在咖啡館裡談論文藝，但仍然擺脫不了當時受壓和限制的環境，如當局的監視，社會的全面管制等等。

9　〔日〕川端康成著，魏大海譯：《新文章論》，《川端康成十卷集》（石家莊：河北教育出版社，2002年），10．評論卷，頁310。

　　但是從另外一面來看，〈寄居蟹〉雖然具備現代性反抗特徵，卻和資產階級的現代性關係不大。把這樣的小說背景置身於任何時代和階級社會，都可能是成立的。就其作品與社會的關係來說，他和卡夫卡作品有本質的不同。卡夫卡身處資產階級社會生活的中心，從其功能來說，具備對於異化的世界具備強烈的「現場感」。我們可以說，卡夫卡這樣的現代主義作家是對資產階級社會的「反對派擁躉」。這些具備反社會特徵的現代主義作家，總是構成了資本主義現代性其對立面的一副獨特景色。但其對立、抵抗的本質乃是導致了社會的發展，如阿多諾所說，「從審美上講，『抵制』導致社會的發展、而不直接模仿社會的發展。」[10]

　　另外一篇是作家水晶（原名楊沂）發表於《現代文學》第十三期的作品〈愛的淩遲〉，寫的是一個住院的女子在病床上滿腦子的心理想像。大段的獨白和心理描繪，猶如夢境中的喃喃自語。一切的思考充滿了對自我的懷疑，甚至是一種略顯病態的念叨。文中我是矛盾的，一個熱愛玩樂的女人，在前男友手術死去的當時，卻和別的人在舞池裡跳舞，而如今，自己躺在病床上，是一個只求卑微活下去的病人。以前她曾經嫌舊日男友嘮叨，嫌他怕死，嫌他妒忌健康的人。今日她自己也變得同樣。不但如此，她還必須額外承受良心的譴責，以及遭受「報應」的疑懼。[11]本文在獨白和思慮中充滿了反思性，與現實的社會是格格不入的緊張。文章時而用第一人稱思考，時而又用小說不太常用的第二人稱的獨白。在這樣大段的獨白裡，充滿著病態。不僅是身體病了，心裡也病了，折射出社會現實的病態面。

　　審美現代性的反思性是現代美學的一個基本主題。在阿多諾的美

---

10 〔德〕阿多諾（Theodor W. Adorno）著，王柯平譯：《美學理論》（成都：四川人民出版社，1998年），頁385-387。

11 歐陽子主編：《現代文學小說選集》（臺北：爾雅出版社，1977年），第一冊，頁105。

學思考中，現代主義藝術的種種激進表徵乃是對抗日益工具理性化和商品交換的現代社會。〈愛的淩遲〉中的「我」與其說是在病態中自語，更不妨說是一種反思，藉「我」之口對現代社會的存在進行否定與辯證思考。小說讓人感到「我」充滿了矛盾，既追求脫離又試圖超越，結尾結束於一個「永恆的夢」。

〈愛的淩遲〉較之於〈寄居蟹〉於審美現代性上更具有資產階級時期的特性。小說的開始是以一對準備看電影的情侶受到搶劫開始的。大都會的電影院、舞池等現代感，使得文中的「我」在各方面顯得混亂，醫院中的喃喃獨白，是對混亂的一種表達和梳理，突顯出一種混亂中的秩序。雖然「我」的意識充滿了反思，但這恰恰是現代性審美的一個特徵，就其本質而言，實際上是在追求一種確定性。小說寫的雖然一個女性意識的矛盾，但卻指向於「永恆的夢」，其內在，是對一種秩序的追求。

七等生是臺灣被人普遍忽視但卻尤為值得注意的一名作家。在許多人看來，他的小說裡表現的常常引起人們的困惑不解，歐陽子編輯《現代文學》小說選集的時候，也對他的小說世界裡所呈現的評價為「特異價值觀」。[12]但是七等生的作品，就其自主性來看，是一位寫作中本能拒絕「平庸」的作家。他的作品裡充滿了如波特萊爾所說的現代性概念，即一種對永恆不變的顛覆。在他早期的小說《讚賞》中就突顯出這種本能，一直試圖在文本中超越顛覆生活常識和邏輯常態。當「我」遇到一個已婚的美麗女子求救的時候，我向「雷」借錢，雷對我說：「你太感情衝動了」，這句話被「我」視為「著名的讚賞的譏諷話」。

然而當讀者的心理開始覺得後面「我」與女子可能會發生什麼，

---

12 歐陽子主編：《現代文學小說選集》（臺北：爾雅出版社，1977年），第一冊，頁193。

卻又什麼都沒有發生。小說中大量的長句加快了讀者的閱讀節奏（這大概和七等生是學電影出身有關，讀他的小說總有一種快節奏旁白感，並且小說中對話充滿一種隱藏的戲劇性）。但是當小說讀者被某一場景抓住，以為故事必然會按照某種邏輯進行下去的時候，他卻忽然話鋒一轉，轉向另外一個奇特的世界。在小說的結尾，極其缺錢的「我」，為了三百塊錢的酬勞自告奮勇登上肥料工廠的大煙囪（不知道作者有意還是無意涉及工業革命的重要標記）上面去裝一個燈泡。這是非常危險的一件事，在萬般驚險中，「我」爬上煙囪，燈泡亮了。此刻，「我」聽到煙囪底下，對「我」一片「讚賞」之聲：

　　　「勇敢！」
　　　「他竟是個阿兵哥呢。」
　　　「一個軍人才配有這樣的膽量。」
　　　「這對他是太簡單了。」
　　　「你們到那裡去請到他呢？」
　　　「什麼？自告奮勇！」
　　　「現在的軍事教育總算成功了。」

也不知道是不是這些讚賞的聲音惹到了「我」，「我」下了煙囪以後提步離開，當工廠的主任提出要把三百元報酬給一直強烈需要錢的「我」時，極其需要錢的我：「竟毫不考慮地拒絕接受，無論如何我都沒有接受。」小說的最後說道：「我是有點傲慢的。」

　　小說的結尾可謂點題。「我」的不接受態度，一面似乎影射了當時軍旅中大肆宣傳的戰鬥文學有著一種「迂迴的」的抵抗，以及對於「軍事教育總算成功了」這句話充滿了暗諷。小說中運用了大量的心理描寫，但真正涉及到「讚賞」的，只有兩次，一次是好友「雷」幾

諷我「感情用事」,一次是工廠下圍著的人們對「我」這位「兵哥」的讚賞。但「我」的反應是截然不同的。「我」將「感情用事」視為真正的讚賞,而對於自己作為一個「兵哥」所得到的讚賞不屑一顧。充分展示了當時的作家對被納入體制中毫無自主性的抵觸情緒。一如波德萊爾美學中所強調的以個性化的審美趣味抵禦中產階級的平庸和物欲,以變化的短暫用來消解一成不變的過去,以藝術創造性對抗庸俗的官方文化。[13]這篇小說具備典型的現代性體驗,內含著某種個性主義和英雄主義,趨向於打破日常生活與平庸限制的內在衝動。

七等生的作品普遍具備強烈的現代主義特徵,在當時的臺灣文學界具備前瞻性。故此也使他本人一直在文學圈中屬於相對小眾作家,甚至與白先勇、黃春明、林懷民等人相比算不上廣為人知。到了七〇年代的時候,他雖為《文學季刊》投稿,但顯然他的作品並非「鄉土文學」風格。然而他的作品更接近純文學的內核,並致力於把一些人們日常意識中所迴避的一些非人化的真實狀態表現出來。

我認為七等生的「小眾性」多少取決於他在自律性審美趣味中,一種對現存生活方式的強烈反叛精神,這種衝動本身就有了一種鄙夷甚至打碎資產階級生活方式的平庸、陳腐和千篇一律的力量。[14]而這種小眾性多少又保持了他的對抗立場。其作品因而帶有自律的現代藝術中採取的「反文化」路徑。但是以歐陽子對七等生作品的評論來看,即便在認為是「純文學」的作家群中,七等生的作品也是具有雙重矛盾的。他使小說變為一種具有顛覆力量的反文化,另一方面卻可能使之成為大眾所無法企及的「陽春白雪」。

---

13 王爾德:〈謊言的衰朽〉,趙澧、徐京安主編:《唯美主義》(北京:中國人民大學出版社,1987年),頁128-143。

14 周憲:《審美現代性批判》(北京:商務印書館,2005年),頁255。

　　在此我且不打算提出白先勇作品中的審美現代性，一方面因為學界關於白先勇作品的討論已經較多，另一面我傾向於更多將他作為《現代文學》場域中「文學行動者的研究」（參見第五章），比討論其作品中的審美價值將有更為顯著的意義。白先勇所提倡的浪漫主義和感傷主義，決定了他自身作品的面貌，同時他對文藝所具備的使命感，使他的作品雖然借用現代主義技巧，但仍舊探尋中國古典文化與之融合的可能性。似乎也是這種文學傳承的使命感，使得《現代文學》能夠持續創辦了二十年。

　　從文學創作與文學機制的自律角度來看，白先勇當時建立文學新傳統的態度和企圖，以及擁抱文化工業的現代機制與發展，都是非常可貴的。這使得《現代文學》有足以培育後進的土壤，無論在時間或空間的展演，都十分有建樹和成果。從第二期的〈編後〉，以及一周年的總結發刊詞中可見一斑：

> 卡夫卡的小說登出後，我們的苦心也沒有白費，許多青年作家寄來了大膽的作品，這正表示熱愛文學的青年和我們站在一線。我們預期中國的文藝復興為期不遠。……假使他們的作品尚嫌未成熟，那有什麼關係？如福克納所說，我們重視這「光榮的失敗」。[15]

> 一年之中，……不難發現有一大群新人誕生。是誰栽培了他們？誰為他們施肥？誰關心他們？這是一個饒有趣味的問題，其有趣，正因為這個「誰」，是 Nobody。他們是自生的。當冬天的雨季已過，地球駛進陽光的季節，在蟲聲的伴奏之下，種子從

---

15 《現代文學》第2期〈編後語〉（臺北：現代文學雜誌社，1960年5月），頁124。

地氣的溫暖，得到生機，射出鮮綠的生命。……他們都具有三
個共同點：

一、他們不滿目下藝術界的衰萎；
二、他們盡力接受歐美的現代主義，同時重新估量中國的
　　古代藝術。
三、他們的年齡，都在二十歲到三十之間。[16]

六○年代這些年齡在「二十歲到三十之間」的年輕人，二十年後很多
都成了臺灣各文藝領域的佼佼者，比如舞蹈界的林懷民、藝評界的蔣
勳、學界的李歐梵、葉維廉、新詩界的余光中、洛夫、小說界的李
昂、施叔青等。他們對文學藝術的實踐精神與自律的堅持，至終結出
果實累累。最後我們將藉著解讀《現代文學》雜誌的發表作家中兩位
曾經「被標籤」的作家來看政治場域與文學場域間始終緊張的關係。
一個是陳映真，另一個是黃春明。臺灣學界除了認為陳映真是優秀的
現實主義作家，對於他理想的「左傾」色彩也有諸多爭議。他被如此
定義的主要原因和他本人強烈的政治傾向，以及受魯迅思想影響較大
有關。而黃春明因為慣常於描寫臺灣社會的農村生活，而被認同是一
位本土性極強的「鄉土文學作家」。

　　陳映真的作品對於當時的臺灣環境具有高度自覺的現實感，在
《現代文學》所發表的〈將軍族〉可視為他六○年代時期的代表作。
這篇小說講的是因欠債被賣的苦命女孩，與一個大陸來臺退伍軍人之
間帶有愛情色彩的悲劇故事。陳映真小說作品很少有所謂強烈的革命
意識，反而十分「鄉土」和人性化——小說有極其真實的本土現實背

16 《現代文學》〈一週年刊詞〉（臺北：現代文學雜誌社，1961年3月）。

景，比如女主人公來自綠島，賣田還債，並唱起當時流行的《綠島小夜曲》，男主人公「三角臉」則打仗退伍回來在鄉村耕地，作家藉此背景描寫的是當時臺灣社會的底層人民的善良及他們悲慘的命運。關注底層社會是陳映真和黃春明作品的一貫特點，但是他們作品始終缺少主觀的批判意識。而黃春明的現實感更多基於他在農村長大的經歷，對於熟悉的環境和人物的描寫自然駕輕就熟。陳映真在六〇年代因閱讀魯迅而致入獄，而在經過六〇年代臺灣「政治」與「文學」的漫長的冷戰後，到了七〇年代，政治場域再度介入文學場域，試圖將「鄉土文學」及其代表作家納入當時新興政治理念的軌道時，一些鄉土作家再度面臨來自政治場域的檢驗。黃春明雖為「鄉土文學」代表作家，但是對於政治場域的介入似乎不屑一顧。鄉土作家的身分似乎特別容易被政治場域利用或左右來為其政治利益服務，而這經常並不是作家所願。比如近年黃春明在一場演講中主張「臺語文（閩南語）應在生活教育中學習，不應硬逼孩子讀寫」，結果有人當場批評作家的意識型態，而上演一齣荒謬的鬧劇。這也顯示政治和社會場域對文學的寬容總是有限的，無論哪個時代，權力的魅影始終伴隨文學的發展，即使在開放的社會，文學場域也逃脫不了現代性的「監視系統（傅柯）」，而現今的監視系統不一定直接來自政治場域，而是來自大量社會場域的旁觀者——作為「他者」的群眾。這幾乎是文學家們無法逃脫的宿命。

　　由上述我們可以看出，一個作家的意識型態，與其藝術作品的社會性並無必然的聯繫。一如阿多諾所說，「藝術的社會性並不在於其政治態度，而在於它與社會相對立時所蘊含的固有的原動力。」[17]並且「藝術中沒有任何東西具有直接的社會性，即使在社會性成為藝術

---

17 參見〔德〕阿多諾（Theodor W. Adorno）著，王柯平譯：《美學理論》（成都：四川人民出版社，1998年），第十二章，頁385-388。

家的特殊目的時也不例外。」但是我們也由此應當看到，文學場域想
要完全不受政治的影響，卻是不可能的。即便是《現代文學》的誕
生，以及在過程中艱難的維持，再到美國新聞處的贊助，其中每一個
環節都有政治場域的影子在其中。

結　語
文學自律的「想像」

　　薩依德（Edward W. Said）在〈旅行的理論（"Traveling Theory"）〉中描述理論旅行的越界和跨文化過程（transculturation）。從一個時地移轉到另一個時地，他所關心的是思想或理論的力量究竟會增強或是減弱，屬於某個歷史時期和國家文化的理論，在另一個情境中會否全然走樣。在旅行、移植的過程中，思想或理論遭遇被挪用、省略或變形的現象，或因水土不服而與異鄉的社會、文化、政治情況扞格不入，幾乎是理論無可避免的命運。在遷徙、移植的符碼化、建制化的過程中，外來的思想理論如何介入此地的文學、教育和學術場域，似乎也是一個複雜的「關係性命題」。[1]

　　然而，文學總是隨著時地空間演化的，當代理論或思想的本地輸入使我們能看見那些未被突顯的文學事實，或已被遮蔽的文學偏見。而這樣的發現將帶來文學場域的變位和話語的翻轉，於是演化得以進行。

　　長期被政治場域干擾而失焦的臺灣文學，自日據時代以來就飽受曲折歷史的擠壓，語言、文字、思想的劇烈變動，使文學在他律原則下步履蹣跚，「不能好好的說話」。一九四九年以後這樣的情形並未好轉，一直要到一九五〇年代末期，文學場域飽受壓抑的情形才藉著知識場域、文藝場域的各種先鋒行動的「突圍」和協商，換取一個可以喘息的空間。一群以白先勇為首的臺大學生刊物《現代文學》橫空出

1　李有成：《在理論的年代》（臺北：允晨文化實業公司，2006年），頁159-160。

世，從校園到社會，掀起一股「文學現代主義」思潮，並開啟了白話文學在臺灣的創作風氣。他們因為年輕，所以新鮮，所以不怕「傳統的紙老虎」。他們也因為堅持，聚集文學界各路人馬，形成一個時代少見的「文學共同體」，為的是民族的文藝復興，一個關於新文學傳統的理想建構。無論臺灣社會受到怎麼樣的國際政經勢力影響，如此投入地生產並實驗著民族優良的語言傳統，本身就是值得讚許的。

我們在本文第一章中曾提到，受五四新文化影響、圍繞北京大學創辦的「新月社」，和受工業革命和一戰影響、圍繞劍橋大學形成的「布魯姆斯伯里」文化圈，這兩個現代主義文學社團的理念與對話，以及彼此之間的文學翻譯和傳播，並非只是偶然或單一的跨文化事件。而圍繞臺大的《現代文學》團體，五湖四海的背景聚在一起，連結歐洲、亞洲、中國大陸各種戰後新興思潮而匯於一爐，形成時代的主導話語也同樣不是偶然的事件。雖然兩岸在冷戰時期置身於美蘇兩大政治領域的對立之中，但大陸和臺灣兩地在文化上仍有一定的傳承與聯繫。民國時期大量出國的留學生，包括新月社成員，其中不少在一九四九年以後都來到了臺灣，藉由他們本身對現代主義文藝思潮的消化，以及藉由學習外語增加與世界思潮的直接溝通，帶進了積極的如辦刊物、搞社團等文學行動。從某種意義上來說，這些渡海來臺的文化人如夏濟安等人接續了五四以來新文化之思潮精神，成為戰後臺灣新一代的知識分子，影響了當時臺灣的青年人。

而當我們再次重新提到《新月》和《現代文學》的關連時，並非只是要在他們的文學行動上做一點補充，也非強制賦予它和《現代文學》之間有何文藝內部結構上的傳承關係，但從特定的政治場域來看，白先勇等人創辦的《現代文學》所表現出來的一些特徵，與新月派當時所處的現實景況確有一些內在的一致性與同構性。我們需要將

他們置身於當時整個世界性的背景來看：一方面，他們所處的環境都是與政治場域糾纏的歷史，也都急於描繪時代變遷帶給他們的新形式與新感覺，但是另一方面，他們也都對自身民族傳統的改造和政治經濟體制的選擇，感到前所未有的矛盾與無力感。

然而，我並不認同從亞洲現代性之「消極壓抑的一面」來看待《現代文學》的實踐，因為在全球政經局面翻轉的情形下看六〇年代《現代文學》的發展，它所應該被賦予的歷史責任絕非簡單的以「左」、「右」兩種路線可以概括。從審美現代性來看，文學現代主義給了臺灣當時年輕的知識分子一個逃避政治現實的「唯美」的理由，卻也給了他們一個面對「心理現實」和「精神現實」的機會，在民族中國面臨現代化的「冷酷異境（村上春樹語）」時，有追求現代社會進步的實踐勇氣，同時也有「反資產階級」庸俗、僵化的那種屬於浪漫氣質的創作——追求「純粹」與「美」。只有當臺灣的現代文學進入自律性之後，才能形成與現代社會特殊的張力，在六〇年代的臺北文學界展開文學審美現代性的多種層面。《現代文學》作為一個場域、一個文學公共領域，逐漸成為社會亞系統的一種功能性模式，以更微妙、漸進、創作與傳播的方式來改變社會。

《現代文學》作為六〇年代重要的嚴肅文學刊物出場，是一個對臺灣國際化背景下的理解，和對民族、國家、社會的想像轉變之後而產生的文學行動。因此，我們可以說：文學創作與文學機制的自律是可能的，《現代文學》雜誌完成了它從「他律到自律」的階段性使命，但我們也能瞭解，整個文學場域想要不受政治場域的影響，幾乎不可能。藝術自律是一種類似烏托邦的想像，文學家的創作可以自定遊戲規則，可以於大都會中「遊園驚夢」，也可以於鄉土世界裡「悲天憫人」，但是文學場域的邊界與規則，畢竟是虛擬且流動的，一旦出現新興的各種象徵資本積累出現，一個社會裡各方力量的競合之

下，特定行動者的自身條件與主觀能動性結合，原來的場域與其中的權力位置就會隨之而更改。

　　所以臺灣六〇年代美好的現代主義「文學共同體」，是基於政治場域的極度衰微，與文學場域極欲重建民族自信的願望而構建出來的。西方文化的移植並沒有使作家、藝術家、知識分子忘記自身的文化傳統，而是在啟蒙現代性的追求下，致力於中國文學新傳統的想像與重建。權力是暫時的，輪替的；而文學是人類生活的紀錄，一段時期的文化積累，因為高度純化，且和個體息息相關，因此它是永恆的。文學現代主義時期充滿各種想像，變動不居並成為一場流動的盛宴，而至今保持著各種可能性。這是文藝的目的，是人類精神共同體的想像。權力也許暫用一己之力改變文化的軌道，以人為的塑造，操縱具體的文學場域，但生活是真實不虛的，我們生存的空間、細節，使用的器物、思想的碰撞，都是動態存在的。正是這些行動和記憶形塑文化，定義一個時代。它們的總和，是人類精神的遺贈，也正是我們誠實追求的文化共同體。

參考文獻

（一）中文部分

〔德〕阿多諾（Theodor W. Adorno）著，王柯平譯：《美學理論》，成都：四川人民出版社，1998年。

〔美〕阿里夫・德里克（Arif Dirlik）著，王寧譯：《跨國資本時代的後殖民批評》，北京：北京大學出版社，2004年。

〔西〕何塞・奧蒂嘉・加塞特（Jose Ortega y Gasset）著，莫亞妮譯：《藝術的去人性化》，南京：譯林出版社，2010年。

〔俄〕巴赫金（Mikhail Mikhailovich Bakhtin）著，白春仁等譯：《巴赫金全集》，第五卷，石家莊：河北教育出版社，1998年。

白先勇：《明星咖啡館》，臺北：皇冠文化出版，1984年。

白先勇：《白先勇文集》第二卷，廣州：花城出版社，2000年。

白先勇：《白先勇自選集》，廣州：花城出版社，1996年。

白先勇：《驀然回首》，臺北：爾雅出版社，1978年。

〔美〕貝維拉達（Gene H. Bell-Villada）著，陳大道譯：《為藝術而藝術與文學生命》，臺北：知書房出版社，2004年。

〔美〕班納迪克・安德森（Benedict R. O'Gorman Anderson）著，吳叡人譯：《想像的共同體》，上海：上海人民出版社，2011年。

〔德〕彼得・比格爾（Peter Burger）著，高建平譯：《先鋒派理論》，北京：商務印書館，2003年。

〔法〕布赫迪厄（Pierre Bourdieu）著，李猛譯：《實踐與反思》，北京：中央編譯社，1998年。

〔法〕布赫迪厄（Pierre Bourdieu）著，劉輝譯：《藝術的法則──文學場的生成和結構》，北京：中央編譯社，1998年。

〔法〕布赫迪厄（Pierre Bourdieu）著，包亞明譯：《布赫迪厄訪談錄──文化資本和社會煉金術》，上海：上海人民出版社，1997年。

馬爾坎・布萊德貝里（Malcolm Bradbury）、艾倫・麥克法蘭（James Macfarlane）等編，胡家巒等譯：《現代主義》，上海外語教育出版社，1992年。

蔡明諺：《龍族詩刊研究──兼論七〇年代臺灣現代詩論戰》，新竹：清華大學中國文學研究所碩士論文，2002年。

陳芳明：《後殖民臺灣：文學史論及其周邊》，臺北：麥田出版，2002年。

陳芳明：《殖民地摩登：現代性與臺灣史觀》，臺北：麥田出版，2004年。

陳建忠、應鳳凰等：《臺灣小說史論》，臺北：麥田出版，2007年。

陳明柔：《典範更替／消解與臺灣八〇年代小說的感覺結構》，臺中：東海大學中國文學研究所博士論文，1999年。

陳憲仁：〈急待整理的臺灣文學雜誌史料：對《文訊》雜誌社「臺灣文學雜誌專號」及《臺灣文學雜誌展覽目錄》的觀察〉，《2005海峽兩岸臺灣文學史學術研討會論文集》，廈門：廈門大學臺灣研究中心，2005年。

陳映真：《美國統治下的臺灣》，臺北：人間出版社，1988年。

陳正然：《五〇年代臺灣知識文化運動：文星研究》，臺北：臺灣大學社會學系研究所論文，1985年。

褚靜濤：《二二八事件研究》，北京：社會科學文獻出版社，2012

〔日〕川端康成著，高慧勤主編，魏大海、侯為等譯：《川端康成十卷集》10・評論卷，河北：河北教育出版社，2000年。

〔美〕戴安娜‧克蘭（Diana Crane）著，趙國新譯：《文化生產：媒體
　　　與都市藝術》，南京：譯林出版社，2002年。

〔美〕戴安娜‧克蘭（Diana Crane）著，王小章、鄭震譯：《文化社會
　　　學──浮現中的理論視野》，南京：南京大學出版社，2000年。

〔美〕戴維‧斯沃茨（Swartz, D.）著，陶東風譯：《文化與權力：布
　　　赫迪厄的社會學》，上海：上海譯文出版社，2006年。

盧建榮：《文化與權利：臺灣新文化史》，臺北：麥田出版，2001年。

〔美〕喬治‧迪基（Gorge Dickie）著，程介未譯：《藝術界》，朱立
　　　元總編，李鈞編：《二十世紀西方美學經典文本》，第三卷
　　　《結構與解放》，上海：復旦大學出版社，2001年。

范銘如：《眾裡尋她──臺灣女作家小說綜論》，臺北：麥田出版，
　　　2002年。

〔法〕米歇爾‧傅柯（Michel Foucault）著，謝強、馬月譯：《知識考
　　　古學》，北京：生活‧讀書‧新知三聯書店，1998年。

高大鵬：《飛來樹的見證》，臺北：中央日報，1992年。

高恒文：《京派文人：學院派的風采》，上海：上海教育出版社，2000
　　　年。

高宣揚：《布赫迪厄》，臺北：生智文化事業公司，2002年。

關傑明：《中國現代詩的環境》，臺北：《中國時報》人間副刊海外專
　　　欄，1972年。

郭紀舟：《七〇年代臺灣左翼運動》，臺北：海峽學術出版社，1999年。

〔德〕哈伯瑪斯（Juergen Habermas）著，曹衛東譯：《公共領域的結
　　　構轉型》，上海：上海學林出版社，1999年。

胡　適：〈科學發展所需要的社會改革〉，《文星》雜誌第50期，臺
　　　北：文星雜誌社，1962年。

侯作珍：《自由主義傳統與臺灣現代主義文學的崛起》，臺北：中國文
　　　化大學中國文學研究所博士論文，2003年。

黃春明：《兒子的大玩偶》，臺北：聯合文學出版社，2009年。

黃錦樹：《中文現代主義：一個未了的計劃？》，現代主義與臺灣文學
　　　　學術研討會，臺北：政治大學中國文學系主辦，舉辦日期：
　　　　2001年6月。

黃應全：《西方馬克思主義藝術觀研究》，北京：北京大學出版社，
　　　　2009年。

紀　弦：《紀弦論現代詩》，臺中：藍燈出版社，1970年。

〔法〕卡繆（Albert Camus）：《西緒福斯神話》，香港：三聯書店，
　　　　1987年。

蔣年豐：〈戰後臺灣經濟中的存在主義思潮──以沙特為中心〉，載宋
　　　　光宇編：《臺灣經驗──社會文化篇》，臺北：東大圖書公司，
　　　　1993年。

〔奧〕法蘭茲・卡夫卡（Franz Kafka）著，張榮昌譯：《致父親：天才
　　　　卡夫卡成長的怕與愛》，桂林：廣西師範大學出版社，2004
　　　　年。

〔英〕昆汀・貝爾（Quentin Bell）著，季進譯：《隱秘的火焰──布
　　　　魯姆斯伯里文化圈》，南京：江蘇鳳凰出版、江蘇教育出版
　　　　社，2006年。

〔英〕雷蒙德・威廉斯（Raymond Henry Williams）著，趙國新譯：
　　　　〈文化分析〉，載羅鋼、劉象愚：《文化研究讀本》，北京：
　　　　中國社會科學出版社，2000年。

〔英〕雷蒙德・威廉斯（Raymond Henry Williams）著，胡譜忠譯：
　　　　〈馬克思主義文化理論中的基礎和上層建築〉，《外國文學》
　　　　1999年5月。

〔英〕雷蒙德・威廉斯（Raymond Henry Williams）：〈大都市概念與
　　　　現代主義的出現〉，周憲主編：《文化現代性精粹讀本》，北
　　　　京：中國人民大學出版社，2006年。

雷　驤：〈咖啡室啟蒙〉，《黑暗中的風景》，臺北：爾雅出版社，1996
　　　　年。

〔美〕劉易斯・科塞（Lewis Coser）著，郭方等譯：《理念的人》，臺
　　　　北：桂冠圖書公司，1992年。

李歐梵著，林秀玲譯：〈在臺灣發現卡夫卡：一段個人回憶〉，《中外
　　　　文學》第30卷6期，2001年。

李歐梵：《浪漫與偏見》，上海：上海書店出版社，2005年。

李歐梵：《中國現代作家的浪漫一代》，北京：新星出版社，2005年。

李瑞騰：〈臺北：一個文學中心的形成〉，《文學的出路》，臺北：九歌
　　　　出版社，1994年。

李澤厚：《中國思想史》，合肥：安徽文藝出版社，1999年。

李有成：《在理論的年代》，臺北：允晨文化實業公司，2006年。

梁竣瓘：《黃春明及其作品研究：文學、社會和歷史的交互考察》，桃
　　　　園：中央大學中國文學研究所論文，2000年。

廖炳惠：《關鍵詞》，南京：江蘇鳳凰出版社、江蘇教育出版社，2006
　　　　年。

劉紀蕙：《書寫臺灣——文學史、後殖民與後現代》，臺北：麥田出版
　　　　社，2000年。

劉　俊：《情與美——白先勇傳》，臺北：時報文化出版企業公司，
　　　　2007年。

林亨泰：《尋找現代詩的原點》，彰化：彰化縣立文化中心編印，1994
　　　　年6月。

林懷民：《蟬》，臺北：印刻文學生活雜誌出版公司，2002年。

林積萍：《《現代文學》新視界：文學雜誌的向量探索》，臺北：讀冊
　　　　文化事業公司，2005年。

林瑞明：〈《筆匯》的創刊、變革及其影響〉，東海大學中國文學系編：
　　　　《戰後初期臺灣文學與思潮研討會論文集》，2003年11月。

林惺嶽：〈臺灣美術運動史〉，《雄獅美術》雜誌，臺北：雄獅美術出版社，1985年

林賢治：《五四之魂：中國知識分子精神史》，桂林：廣西師範大學出版社，2008年。

劉正忠：《軍旅詩人的異端性格——以五、六十年代的洛夫、商禽、瘂弦為主》，臺北：臺灣大學中國文學研究所博士論文，2001年1月。

羅　鋼、劉象愚著，趙國新譯：《文化研究讀本》，北京：中國社會科學出版社，2000年。

呂正惠：《戰後臺灣文學經驗》，臺北：新地文學出版社，1995年。

呂正惠：《小說與社會》，臺北：聯經出版社，1988年。

梅家玲：〈夏濟安、《文學雜誌》與臺灣大學——兼論臺灣「學院派」文學雜誌及其與「文化場域」和「教育空間」的互涉〉，《臺灣文學研究彙刊》創刊號，臺北：臺灣大學臺灣文學研究所，2006年2月。

孟　樊、林耀德：《世紀末偏航——八〇年代臺灣文學論》，臺北：時報文化出版企業公司，1990年12月。

歐陽子：《現代文學小說選集》，臺北：爾雅出版社，1977年。

彭瑞金：《臺灣新文學運動40年》，臺北：自立晚報社，1991年。

〔美〕帕特莉卡‧勞倫斯（Laurence, P.）著，萬江波、韋曉保、陳榮枝譯：《麗莉‧布瑞斯珂的中國眼睛》，上海：上海書店出版社，2008年。

〔法〕朋尼維茲（Patrice Bonnewitz）著，孫智綺譯：《布赫迪厄社會學的第一課》，臺北：麥田出版，2002年。

邱貴芬：《中介臺灣‧女人》，臺北：元尊文化出版社，1997年9月。

邱貴芬：《後現代及其外》，臺北：麥田出版社，2003年。

邱貴芳：《布赫迪厄文化再制理論》，臺北：桂冠出版社，2002年。

丘為君、陳連順：《中國現代文學的回顧》，臺北：龍田出版社，1986年11月。

〔法〕讓・皮耶呂杭（Jean-Charles Pichegru）：《當代社會學》，臺北：遠流出版社，1999年。

沈孟穎：《臺北咖啡館（文藝）公共領域之崛起、發展與轉化（1930s-1970s）》，桃園：中原大學室內設計研究所論文，2002年。

史書美著，何恬譯：《現代的誘惑──書寫半殖民地的中國的現代主義（1917-1937）》，南京：江蘇鳳凰出版社、江蘇人民出版社，2007年。

〔法〕艾彌爾・涂爾幹（Émile Durkheim）著，渠東譯：《社會分工論》，北京：生活・讀書・新知三聯書店，2000年。

〔法〕瓦　岱（Yves Vade），田慶生譯：《文學與現代性》，北京：北京大學出版社，2001年。

汪　輝：《汪暉自選集》，桂林：廣西師範大學出版社，1997年。

王德威：《眾聲喧嘩》，臺北：遠流出版社，1988年。

王梅香：〈肅殺歲月的美麗／美力？──戰後美援文化與五、六〇年代反共文學、現代主義思潮發展之關係〉，臺南：成功大學臺灣文學研究所碩士論文，2005年6月。

王文興：《王文興的心靈世界》，臺北：雅歌出版社，1990年。

王文興：《星雨樓隨想》，臺北：洪範出版社，2003年。

王文興：《現代文學小說選集（一）》代序之二，臺北：爾雅出版社，1977年。

王文興：《背海的人》，臺北：洪範出版社，1999年。

王土文：《咖啡精神──論法蘭西咖啡館文化的形成與轉變》，湖南：嶽麓書社出版，2007年。

王禎和：《玫瑰玫瑰我愛你》，臺北：遠景出版社，1984年。

尉天驄：《鄉土文學討論集》，臺北：遠景出版社，1978年12月。

許　逖：《文星・問題・人物》，臺北：龍門書局，1966年。

許琇禎：《臺灣當代小說縱論——解嚴前後（1977-1997）》，臺北：五
　　　　南圖書出版，2001年。

徐秀慧：《戰後初期臺灣文化活動與文學思潮》，新竹：清華大學中國
　　　　文學研究所博士論文，2004年7月。

楊　翠：《鄉土與記憶——七〇年代以來臺灣女性小說的時間意識與
　　　　空間語境》，臺北：臺灣大學歷史所博士論文，2002年。

楊孟瑜：《少年懷民》，臺北：遠見天下文化出版公司，2003年。

楊　澤主編：《狂飆八〇》，臺北：時報文化出版企業公司，1999年。

楊　照：《流離觀點》，臺北：自立晚報，1991年11月。

楊　照：《文學、社會與歷史想像——戰後文學史散論》，臺北：聯合
　　　　文學，1995年。

楊　照：《夢與灰燼——戰後文學史散論二集》，臺北：聯合文學，
　　　　1998年4月。

楊宗翰：《臺灣現代詩史——批判的閱讀》，臺北：巨流圖書公司，
　　　　2002年6月。

吳美枝：《臺北咖啡館之研究——以文人活動為中心的探討（1949-
　　　　1989）》，桃園：中央大學歷史研究所論文，2004年6月。

葉石濤：《臺灣文學史綱》，高雄：文學界雜誌社，1987年。

葉石濤：《臺灣文學集》（一），高雄：春暉出版社，1996年。

葉石濤：《臺灣鄉土作家論集》，臺北：遠景出版公司，1981年。

應鳳凰：〈《自由中國》、《文友通訊》作家群與五〇年代臺灣文學史〉，
　　　　《文學臺灣》第26期，1998年4月。

游勝冠：《臺灣文學本土論的興起與發展》，臺北：前衛出版社，1996
　　　　年。

余光中：《逍遙游》，臺北：文星書店，1965年。

〔英〕約翰・B・湯普森（John B. Thompson）著，高銛等譯：《意識形態與現代文化》，南京：譯林出版社，1999年。

張誦聖：《文學場域的變遷》，臺北：聯合文學，2001年。

張誦聖：〈現代主義文學在臺灣文學生產場域中的位置〉，政治大學中國文學系主辦：「現代主義與臺灣文學學術研討會」，舉辦日期：2001年6月。

趙遐秋、呂正惠：《臺灣新文學思潮史綱》，臺北：人間出版社，2002年。

趙　澧、徐京安主編：《唯美主義》，北京：中國人民大學出版社，1987年。

趙知悌：《現代文學的考察》，臺北：遠景出版公司，1978年2月。

周　憲：《文化表徵與文化研究》，北京：北京大學出版社，2007年。

周　憲：《審美現代性批判》，北京：商務印書館，2005年。

周　憲：《20世紀西方美學》，南京：南京大學出版社，1999年。

周英雄、劉紀蕙：《書寫臺灣：文學史，後殖民與後現代》，臺北：麥田出版，2000年。

朱立立：《知識人的精神私史：臺灣現代派小說的一種解讀》，上海：三聯書店，2004年。

《現代文學》雜誌第1-50期，臺北：現代文學雜誌社，1960-1973年。

《聯合文學》雜誌，1985年2月號，臺北：聯合文學。

《文訊》雜誌，2003年7月號，臺北：文訊雜誌社。

（二）英文部分

Bourdieu, Pierre. *The Field of Cultural Production*. Cambridge: Polity, 1993

Bourdieu, Pierre. *Distinction: A Social Critique of the Judgement of Taste*. Cambridge: Harvard University Press, 1984.

David Swartz. *Culture and Power: the Sociology of Pierre Bourdieu*. Chicago The University of Chicago Press, 1997.

Danielle Marx-Scouras. *The Cultural Politics Of Tel Quel*. Pennsy-lvania: Pennsylvania State University Press, 1996.

Houston Baker. *Modernism and the Harlem Renaissance*. Chicago: University of Chicago Press, 1987.

Howard S. Becker. *Art Worlds*. Oakland: University Of California Press, 1984.

James William Coleman. *Blackness and Modernism*. Jackson: University Press of Missisippi, 1989.

Juergen Habermas *The Public Sphere*, in Peter Golding and Graham Murdock (eds.), *The Political Economy of the Media, II*, Cheltenham: Edward Elgar Publishing, 1997

Juergen Habermas *The Philosophical Discourse of Modernity*. Cambridge: Polity, 1987.

Mark Pendergrast. *Umcommom Ground：The Histroy of Coffee and How It Transformed Our World*. New York: Basic Books, 1999.

Raymond Williams. *The Sociology of Culture*. Oakland: The University of Chicago Press, 1995

Raymond Williams. *Marxism and Literature*. New York: Oxford University Press, 1977.

T.W. Adorno. *The Culture Industry: Selected Essays on Mass Culture*, edited by J.M. Oxford: Routledge, 2001.

W. Scott Haine: *The World of the ParisCafé: Sociability among the French Working Class, 1789-1914*. Maryland: Johns Hopkins University Press, 1996.

索　引

主題索引

文學研究叢書·現代文學叢刊 0806011

想像的文學共同體
——文學現代主義在臺灣及其全球旅行

作　　者　陳嬿文

責任編輯　林以邠

特約校對　林婉菁

發 行 人　林慶彰

總 經 理　梁錦興

總 編 輯　張晏瑞

編 輯 所　萬卷樓圖書股份有限公司

　　　　　臺北市羅斯福路二段 41 號 6 樓之 3

　　　　　電話 (02)23216565

　　　　　傳真 (02)23218698

發　　行　萬卷樓圖書股份有限公司

　　　　　臺北市羅斯福路二段 41 號 6 樓之 3

　　　　　電話 (02)23216565

　　　　　傳真 (02)23218698

　　　　　電郵 SERVICE@WANJUAN.COM.TW

香港經銷　香港聯合書刊物流有限公司

　　　　　電話 (852)21502100

　　　　　傳真 (852)23560735

ISBN 978-986-478-934-4

2024 年 1 月初版一刷

定價：新臺幣 320 元

如何購買本書：

1. 轉帳購書，請透過以下帳戶

　　合作金庫銀行　古亭分行

　　戶名：萬卷樓圖書股份有限公司

　　帳號：0877717092596

2. 網路購書，請透過萬卷樓網站

　　網址　WWW.WANJUAN.COM.TW

大量購書，請直接聯繫我們，將有專人為您服務。客服：(02)23216565 分機 610

如有缺頁、破損或裝訂錯誤，請寄回更換

國家圖書館出版品預行編目資料

想像的文學共同體 -- 文學現代主義在臺灣及其全球旅行/陳嬿文著. -- 初版. -- 臺北市 ：萬卷樓圖書股份有限公司, 2024.01

　　面；　公分. -- (文學研究叢書. 現代文學叢刊 ；806011)

ISBN 978-986-478-934-4(平裝)

1.CST: 臺灣文學　2.CST: 文學評論　3.CST: 臺灣文學史　4.CST: 現代主義

863.2　　　　　　　　　　　　　112014088